世界名著好享读（原版插画典藏版）

南来寒 主编

祖父的椅子

［美］纳撒尼尔·霍桑 著

马雪云 译

人民东方出版传媒

東方出版社

图书在版编目（CIP）数据

祖父的椅子 /（美）纳撒尼尔·霍桑著；南来寒主编；马雪云译. —北京：东方出版社，2019.4

（世界名著好享读）

ISBN 978-7-5207-0542-4

Ⅰ. ①祖… Ⅱ. ①纳… ②南… ③马… Ⅲ. ①短篇小说－小说集－美国－近代 Ⅳ. ① I712.44

中国版本图书馆CIP数据核字（2018）第182445号

祖父的椅子

（ZUFU DE YIZI）

［美］纳撒尼尔·霍桑 著　南来寒 主编　马雪云 译

策划编辑：鲁艳芳
责任编辑：曹兴泽
装帧设计：
出　　版：東方出版社
发　　行：人民东方出版传媒有限公司
地　　址：北京市东城区东四十条113号
邮政编码：100007
印　　刷：北京汇林印务有限公司
版　　次：2019年4月第1版
印　　次：2019年4月北京第3次印刷
开　　本：880毫米×1230毫米　1/32
印　　张：7.5
字　　数：146千字
书　　号：ISBN 978-7-5207-0542-4
定　　价：42.00元
发行电话：（010）85924663　85924644　85924641

早期的欧洲人

站在英王詹姆斯一世面前的清教徒们

武装起来！武装起来！

邦克山战役中，阵地里的威廉·普雷斯科特

英军撤离波士顿

向军队宣读《独立宣言》

重寻名著阅读的愉悦和享受

到现在，我仍然不会忘记小时候读的第一本世界名著——《安徒生童话》。那时候，丑小鸭不同寻常的经历，总是让我心潮澎湃；寻找钟声的王子和穷人家的孩子那份对美好的向往和执着追求，更是让彼时稚嫩的我热血激荡……每一个奇妙曲折的小故事，都会带我走进一个不一样的世界，从那时起，我就开始一本接一本地读起了名著，它们就像是有一种让人难以自拔的魔力。名著里的那些故事，虽来源于我们的生活，但经过大师们的演绎之后，又将一个个我们意想不到的画面呈现在我们面前，充满了无穷的想象力。

童年的阅读经历对我的成长起到了至关重要的作用，所以我想让现在的孩子们像那时的我一样，能够同样获得美妙的阅读体验，将那些充满奇幻色彩和诗情画意的故事一代代传承下去。

然而，犹记得，我孩童时代的名著图书，几乎没有什么插图，封面和装帧设计也乏善可陈。如今的孩子，阅读的可选择面广阔多了，很多时候，阅读变成了老师的作业、父母的安排！如何让当下的孩子们重拾我当年阅读名著时的愉悦和享受，让他们发自内心地去阅读、去探究，成了我念兹在兹的一种理想。

基于这个纯粹而又迫切的初衷，经和东方出版社编辑鲁艳芳女士协商，策划了这套“世界名著好享读”系列图书，将一些真正适合孩子们阅读的名著翻译出版，作为一份迟来的礼物献给孩子们，希望还赶得及填补那一块为名著而预留的阅读空白。

这套“世界名著好享读”丛书，涵盖了童话、寓言、诗歌、小说和历史知识等不同内容和体裁，包含了亲情、自然、探险和历史等不同题材的作品，意在让孩子们获得全方位的阅读体验。一直以来，我都秉承尊重原著的原则，所以这套书的底本均选用了美国长期从事经典名著出版的亨利·阿尔特姆斯出版公司的原版初印权威版本，相信这对于每一个渴望阅读的孩子来说，都将是一场愉悦身心的文学盛宴。

在这套图书中，《安徒生童话》《格林童话》《伊索寓言》这些耳熟能详的童话寓言故事，会让孩子们初识社会，了解人性的善恶、美丑、真伪；《爱丽丝漫游仙境》《爱丽丝镜中奇遇记》《沉睡的国王》将带孩子们一次次进入梦幻之乡，让他们的想象力得到大幅提升；《海角乐园》《冰海惊魂》《哥伦布发现美洲》会携孩子们进入开拓探险的世界，告诉他们什么是坚韧，如何变得更勇敢。至此，请原谅我，将好东西藏在了后面，那就是在这套书中，我将遗失已久、几代人都无缘读到的名著——《穆福太太和她的朋友们》《图茜小姐的使命》《狐狸犬维克的故事》千方百计地寻觅出来，其中所经历的艰辛在此我不加赘述，我只想借由这三本书此次的重磅登场，让孩子们幸运地重新亲近这些顶级的作家和他们的作品。最后，我当然也不会辜负那些喜爱戏剧的孩子，在这样的精神大餐中怎么能缺少戏剧界的旷世奇才——莎翁的作品呢？为了降低阅读难度，我特意选取了英国著名作家查尔斯·兰姆和他姐姐共同改编的《莎士比亚戏剧故事集》，让孩子们可以无障碍地步入莎翁的世界。

好了，喜爱精美插画的孩子们，先别着急，我并没有忘记要满足你们这个合情合理的需求。我深知，优秀的插画除了要有色彩、线条、构图的外在形式美之外，更重要的是要具备作品内容所呈现出的内在意蕴美。“世界名著好享读”系列图书是我从事图书策划工作以来整理的插画量最大的一套书，其中很多种图书的插画量达到一百多幅，更有甚者，《鹅妈妈童谣与童话故事集》的插画量竟达到了近二百幅，堪称名著的绘本版了。此外，为了完美彰显名著的神韵，书中所使用的每一幅插图都经过了细致入微的修复。海量的插画并没有成为文字的“附庸”，这些来自不同画家的手绘插画或者版画丰富了文字的内涵，对孩子们来说也是一种美育熏陶的过程。所以说，这不仅是一场阅读的狂欢，更是一次审美的嘉年华。

接下来，我要做的，只是把孩子们引领到安徒生、莎士比亚、史蒂文森、约翰·班扬、刘易斯·卡罗尔、霍桑……这些大师、巨匠身边，互作介绍以后，就安静地离开，就像钱理群先生说的：“让他们——这些代表着辉煌过去的老人和将创造未来的孩子在一起心贴心地谈话。”

那么，孩子们，接下来那些愉悦和享受的阅读时刻，就留给你们了。

稻草人童书馆总编辑 南来寒

二〇一六年八月于广州

前 言

作者写这本大部头，是希望通过自己独特的叙述方式，吸引年轻一代去主动了解美国建国时期那些卓越的人物和突出的事件。因此，虽然表面上作者在讲一把椅子的故事，但他却线索清晰地讲述了真实的历史故事。这把椅子从一个人传到另一个人，这些人都是年轻读者想要了解和接近的。在作者笔下，这些人的生活和他们所做的事情，都生动地反映着那个时代的精神风貌。

除非在家里温暖的火炉边听他们的故事，否则再也没有其他好方法能给那些过去的人镀上鲜活的色彩。这样听故事的方式，能使我们马上觉得自己对历史人物有一种熟悉的感觉——他们的生活不再是我们不得不记住的一连串冰冷的事件。如果做到这一点，作者就算成功了。

除了本书的骨架——祖父和他的听众，以及椅子的故事，本书没有任何虚构的成分。虽然有些地方，作者确实根据自己的推测增补了一些历史细节，但这并不违背历史事实，也没有改变史实发展。

作者最大的困惑是，他写的书是否会受到年轻一代的欢迎。因为要将清教徒和他们的后代表现出的这种阴郁、严厉和呆板的性格，以生动形象的方式说出来，其难度不亚于用新英格兰脚下坚硬的花岗岩做出柔美的玩物。

· 目录 ·

第一卷
祖父的椅子

第一章　古老的橡木椅子

那个愉快的下午，祖父坐在他的老扶手椅里，孩子们跑来跑去地玩着游戏。有时候祖父好像睡着了，但他只是闭着眼睛，他的心一直和孩子们在一起——在院子的花丛和灌木丛里嬉戏。

祖父听见了劳伦斯的声音，劳伦斯给自己弄了一堆枯树枝——那是园丁从果树上剪下来的，他现在正用这些树枝给自己和堂妹克拉拉建一座小木屋；祖父还听到了克拉拉快乐的声音，她正给自己的花圃除草和浇水；祖父也能听出查理的每一个脚步声，他正在沙砾路上推独轮手推车。

尽管祖父已经老了，头发也白了，但每次小艾丽斯像蝴蝶一样欢快地飞进房间，他都非常高兴。她已经跟其他人都玩过游戏，现在要陪祖父玩了，她觉得祖父是最好的玩伴。

对孩子们来说，夏天的午后，简直有一辈子那么长。等玩够了游戏，他们就都回到房间，围在祖父的大椅子旁边。快五岁的小艾丽斯是最小的，可以坐在祖父的腿上。这个可爱的金发女孩窝在老人怀里，这情景令人非常愉悦——尽管他们看起来很不一样，但两人的心会因为同样的事充满快乐。

"祖父，"小艾丽斯一边说，一边躺下去枕在祖父的手臂上，"我很累了。您要给我讲一个故事让我睡觉。"

"那可不是讲故事的人想看到的啊，"祖父笑着说，"让听故事的人一直醒着，讲故事的人才高兴呢。"

"还有劳伦斯、查理和我呢，"十岁的堂妹克拉拉大声说，"我们三个一点儿也不困。祖父，给我们讲一讲这把怪椅子的故事吧。"

祖父坐的这把椅子是橡木做的，随着时间的流逝，椅子渐渐变成了黑色，但还是打磨得像红木一样光亮。这把椅子很大、很重，祖父坐进去时，椅背比他的头还要高出很多。椅背上雕刻有花朵、植物，还有一些其他图案。孩子们常常盯着看，但不知道那些图案代表什么意思。在椅子顶部、祖父的头上方，有一只狮子的头像。它愤怒地咧着嘴，好像马上就要怒吼了。

从记事起，孩子们就看到祖父坐在这把椅子上。小一点儿的孩子可能还会以为祖父是和这把椅子一起来到世上的，而且祖父和椅子一直都是这么老。那时候，时髦的女士都以在客厅里摆放最古老、最古怪的椅子为荣。所以在堂妹克拉拉看来，如果那些女士看到了祖父的椅子，她们肯定会愿意用其他所有的椅子来交换。她怀疑椅子比祖父还要老，所以很想知道椅子的故事。

现保存于新普利茅斯①朝圣厅的布鲁斯特椅

“祖父，给我们讲讲这把椅子的故事吧。”她又说。

“孩子，”祖父拍拍克拉拉的小脸说，“我可以给你讲很多关

① 新普利茅斯：即美国马萨诸塞州普利茅斯。——译者注

于椅子的故事，你堂哥劳伦斯大概也想听听。这些故事，能让他了解一些他的祖国的历史和伟人，而且这些是他从未在教科书上看到过的。”

12 岁的劳伦斯是个聪明的小学者，他身上已经开始表现出思考和敏感的特质。这把庄严的椅子的故事，激起了他的好奇心，他急切地望着祖父的脸。就连查理——这个活泼爱动又大胆的九岁男孩，都坐在了地毯上，决定至少要安静十分钟——如果故事有那么长的话。

这时候，小艾丽斯已经睡着了。祖父对他那些认真的小听众很满意，就讲起了很久以前发生的那些事。

第二章　阿贝拉小姐

在开始讲述关于椅子的故事之前，祖父觉得有必要先介绍一下第一批新英格兰移民的大背景。因为你很快就会发现，如果不讲一下这个国家的历史，椅子的故事也就讲不下去了。

祖父讲起了清教徒的故事。清教徒们认为，服从英国教会从天主教学来的那些宗教仪式是罪恶的，也正因此，这些清教徒在英国受到了残酷的迫害。1607 年，大批清教徒被迫迁往荷兰，在阿姆斯特丹和莱顿住了十几年。他们担心长期住在异国他乡会忘记故乡的文化和传统，而接受荷兰人的传统和思想。因为种种原因，1620 年，他们登上了“五月花”号轮船，漂洋过海，来到了科德角。他们在那里定居下来，并把那

“五月花”号轮船

站在英王詹姆斯一世[1]面前的清教徒们

① 詹姆斯一世（1566—1625），英国国王，1603 年到 1625 年在位；同时也是苏格兰国王詹姆斯六世，1567 年到 1625 年在位。查理一世为其第二个儿子。——编辑注

里叫作“普利茅斯”。普利茅斯现在虽然已经是马萨诸塞州的一部分，但在过去很长一段时间里，一直是个独立的殖民地。这就是最早移居美洲的清教徒的情况。

英王查理一世

这时，留在英国的清教徒们仍然因为不同的宗教观点，遭受着悲惨的迫害。他们四处寻找这样一个地方——一个能依据自己的良心而不是依据国王和主教认可的方式来信仰上帝的地方。看到自己的同胞从荷兰去了美洲，他们觉得或许在那儿能逃离迫害。于是他们中的一些绅士在马萨诸塞湾沿岸买了些土地，并从国王查理一世那里获得特许宪章，宪章允许他们为移居者制定法律。1628 年，以约翰·恩迪科特为首，他们运送了一些人在塞勒姆开建种植园。其实早在 1626 年，皮特·帕尔弗里、罗杰·科南等几个人已经在那儿建造了房屋，他们算是那个古镇的第一批移居者。很多清教徒也准备追随恩迪科特。

“我们要说到椅子了，孩子们。”祖父说，“人们说这把椅子是二三百年前，人们用英国林肯伯爵公园里的一棵橡树做成的。刚做好的时候，它应该是放在伯爵家的城堡里的。你们看到椅背上雕刻的林肯家族的盾徽了吗？后来，伯爵的女儿阿贝拉小

荷兰的阿姆斯特丹

姐在嫁给约翰逊先生时，伯爵把这把珍贵的椅子送给她了。”

“约翰逊是谁？”克拉拉问。

“他是一位富甲一方的绅士，他同意清教徒的宗教观点。”祖父回答道，“因为他的信仰和清教徒一样，所以他决定要和他们共存亡。1630 年 4 月，他抛弃了自己在英国舒适的房子和生活，带着阿贝拉小姐，登上了前往美洲的船。”

祖父的故事时常被孩子们的问题和评论打断，但这些问题对整个故事没什么帮助，我们就略去不谈了。我们已经花了不少心思去理解祖父的话。接下来，我们尽量以祖父自己的原话给大家讲讲阿贝拉小姐的故事。

纪念清教徒先辈移民登陆点的普利茅斯纪念碑

约翰逊先生带着阿贝拉小姐，还有祖父的椅子，登上了一艘以阿贝拉小姐的名字命名的船——“阿贝拉”号。一支由10～12艘船组成的舰队，载着数百人，从英国出发了。这些人都是对政府不满、受教会迫害的人，他们想要一起去新世界。曾载着清教徒去普利茅斯的“五月花”号也在这里。孩子们，想象一下你们现在正在“阿贝拉”号精致的船舱里。如果你们能看到登上这艘船的乘客，你就会觉得新英格兰能有这样的移居者，真是它的荣幸。

约翰·温思罗普就是其中一位乘客，他卖掉了祖辈的房产，

约翰·温思罗普

打算在这蛮荒之地上为自己的妻儿建造一个新家。他是国王任命的马萨诸塞殖民地的第一任总督，拥有国王的特许状。他是一个亲切而严肃的人，身穿黑天鹅绒套装，脖子上戴着一圈宽大的皱领，蓄着山羊胡。同行的还有一个被英国主教禁止布道的福音牧师，但他知道他可以在美洲的森林里自由地布道和祈祷。像那个时候其他的清教徒神职人员一样，这位牧师穿着黑色的日内瓦斗篷，戴着大小刚好合适的黑天鹅绒帽。还有理查德·索顿斯托尔爵士，他是新殖民地的第一批设计者之一——第一批设计者当时只有五个人。虽然他没多久就回了故乡，但他的后人却留在了新英格兰。时至今日，这个古老家族的名字一如理查德爵士一样受人尊敬。

除了这些人，“阿贝拉”号上还有其他富人和虔诚的牧师。其中一个人被永远驱逐出了他的祖辈们住了几百年的老房子，还有一个人放弃了在英国小镇的牧师公馆。其他人中还有来自牛津大学和剑桥大学的著名学者。现在，他们都在危险的海上颠簸，要到一个比大海还危险的地方去建立家园。

船舱里，阿贝拉小姐坐在椅子上，温和而甜美，却苍白柔弱，她看起来似乎无法承受蛮荒之地的艰难生活。

每天早晚，阿贝拉小姐都把自己的椅子让给一位牧师，听他给大家读几页《圣经》。就这样，伴随着真切的祈祷、虔诚的对话、常常唱起的赞美诗，歌声随风飘向远方的波浪。六月，他们来到了塞勒姆，航行结束了。

那时候城里只有六到八幢房屋，还都是简陋的茅屋。屋顶是草做的，烟囱是木头做的。这些随舰队而来的人们，要么也用树枝树干建造自己的木屋，要么用布搭起临时帐篷，之后再

随“五月花”号一起到美洲的《圣经》，
现藏于新普利茅斯朝圣厅内

约翰·恩迪科特

建好一点儿的住所。很多人都定居在查尔斯镇，而阿贝拉小姐却要在塞勒姆多待一段时间，因为她被约翰·恩迪科特一家当作贵客留下了。恩迪科特是种植园的管理者，他的房子是那些移民离开英国后所见过的最舒适的。现在，孩子们，祖父的这把椅子在一个新地方了。

一个炎热的夏天，在恩迪科特先生家，透过敞开的花格窗，可以看见阿贝拉小姐。她坐在大椅子里，深深思念着远方的英国，脸色比在船上时还苍白。她站起来走到窗边，看见窗外成片的花园和玉米地。那里有零落的茅屋、粗糙的棚屋和帐篷，里面住的都是和她一起来的人们。阴沉的松树林一直延伸到远方，它们的阴影笼罩着整个大地，也笼罩着这位孤苦的小姐的心。

小村子里的居民都非常忙碌。有人在森林边为自己开辟家园；有人在砍伐松树，准备建造房屋；还有人在玉米地里锄草。一个猎人拖着一头刚打到的熊，从树林里走出来了，大声喊人们来帮忙。一个人扛着铲子、拎着篮子去海边了，带回来一堆蛤，这是新移民们最主要的食物。

到处可见三三两两的灰暗的身影，他们穿着皮毛，耳朵上

印第安卫士

挂着骨饰品，黑色的头发上插着野鸟的羽毛。他们的肩膀上挂着贝壳带，背着弓和箭，带着长矛，长矛的顶部是石头做的。这是一位印第安人酋长和他的侍从们，他们来查看白人在做什么。突然传来一阵喧哗声，原来是狼群抓走了草地上的一头小牛，每个人都立刻拿起自己的枪或矛去追赶掠夺者。

可怜的阿贝拉小姐看见了这一切，感觉这个新世界只适合强壮的人，只适合那些能和野兽、野人战斗，坚强面对一切危险和困难的人，其他人根本不该来。但是她却来了，她是那样温和而胆小。她离开窗子，坐回大椅子里，想着她的朋友会把

印第安人的武器

她葬在哪一片荒野。

约翰逊先生和温思罗普总督以及其他大部分人去波士顿了，约翰逊先生打算在波士顿为自己和阿贝拉小姐建一座房子。波士顿那时候遍布着野树林，居民很少，还没有塞勒姆多。在丈夫外出的这段时间里，阿贝拉小姐觉得自己病了，坐在这把漂亮的椅子里不想动。恩迪科特每次看到她意气消沉，都会坚定地安慰她。

“振作起来，我的好姑娘！”他说，“很快，你就会像我一样爱上这种荒野生活了。”

恩迪科特的心就像钢铁一样坚硬果敢，他不明白为什么一个女人的心不能也像钢铁一样坚硬。

但是他仍然对阿贝拉小姐善言善语，然后再赶去耕他的玉米地、种果树或者和印第安人做皮毛生意，偶尔他也能看到一座印第安人的要塞。作为地方官，他常常要在刑柱上鞭笞一些懒汉或作恶的人，以作为惩罚。有时候他也要按照那时的风俗习惯，和塞勒姆的牧师希金森先生一起举行长时间的宗教会话。总之，约翰·恩迪科特要做的事情很繁杂，这让他没有时间去想念祖国。他觉得自己适合这个新世界，也适合那些工作，并决心要做好那些工作。

这个人果断、坚强、有行动力，和温和的阿贝拉小姐形成了鲜明的对照。阿贝拉小姐越来越虚弱，像被森林的阴影覆盖的花朵一样，慢慢枯萎了。现在这把大椅子常常空着，因为阿贝拉小姐已经病得不能下床了。

她丈夫这时候已经为他们的新家选好了地方，并在他的朝圣伙伴的帮助下，步行穿过树林，从波士顿回到了塞勒姆。他很激动，急着告诉妻子他们新家的样子。但当他看到她苍白凹陷的脸，弄清楚发生了什么，他就已经知道，她的家在一个更好的地方——天堂。如果他们还记得，在这蛮荒之地，也像在他们的家乡一样——人们都可以进入天堂，那他就能快乐些，或者说他和她都能快乐些。到美洲才短短一个月，和蔼的阿贝拉小姐就逝去了。他们在新土地上安葬了她，那里的松树根很多，给建墓带来了很大的难度。当阿贝拉小姐在那里安息了近两百年后，周围崛起了一座城市，她的墓上也耸立起了一座教堂。

前面的故事刚展开时，查理就跑得没影了，走的时候还骑着祖父的拐棍，弄出了一声巨响，直到现在还没回来。这么大的一个男孩，还骑拐棍，真应该害羞。劳伦斯和克拉拉一直听得很专注，这位走了那么远却不幸早逝的阿贝拉小姐——她的故事打动了他们。祖父还以为小艾丽斯睡着了，但故事快讲完的时候，祖父不经意间看了她一眼，发现她正睁着蓝色的大眼睛急切地看着自己。小艾丽斯的眼睛里泪光闪闪，就像娇柔的花朵上闪烁的露珠。等到祖父讲完，她又露出了灿烂的笑容。

“哦，那位小姐肯定特别开心能去天堂！”小艾丽斯兴奋地说。

“祖父，约翰逊先生怎么样了？”克拉拉问。

“约翰逊先生非常难过。”祖父说，“阿贝拉小姐去世后不到一个月，他也在波士顿去世了。安葬他的那块土地，正是他本来打算为自己和阿贝拉小姐建新房子的地方。”

“我从没听过这么悲伤的故事。”克拉拉说。

“那里的人们非常爱戴和尊重约翰逊先生，”祖父继续说，“所以他们中很多人希望自己死后能够安葬在约翰逊先生的墓地附近，那块地方也就成了波士顿的第一块墓地。如果你经过国王礼拜堂旁边的特莱蒙街，就能看到一个满是老墓碑的墓地，就是那里了。”

“五月花”号同乘者之墓

“想到移民者到新大陆做的第一件事，竟然是建墓地，真让人难过。”

“可能，”劳伦斯说，“如果没有建墓地，没过几年，他们就愉快地回英国去了。”

祖父看了看劳伦斯，想看看劳伦斯是否意识到自己刚刚说了一句多么深刻的真理。

第三章　红十字旗

祖父讲过椅子的故事后不久，有一个雨天，查理一会儿把家里的鼓敲得咚咚响，大吼大叫；一会儿又在楼梯上上蹿下跳，撞翻椅子，折腾个不停。这样玩了一会儿，他开始觉得有点儿受不了室内的安静和拘束了。但外面下着瓢泼大雨，他又不能出去，只好闷闷不乐地站在窗前，甚至怀疑太阳会不会被这样的大雨给浇灭了。

查理已经耗尽了其他孩子的精力，他们都给自己找了事情做，不需要查理的陪伴。劳伦斯坐在书架旁，一边休息，一边翻看着之前就看过的《仲夏夜之梦》。克拉拉在为仁爱姐妹会的一个姐妹穿念珠。仁爱姐妹会以前曾参加过邦克山的集会，并在建立纪念碑时助了一臂之力。小艾丽斯坐在祖父的脚凳上，手里拿着一本图画书，在给祖父讲着每张图片的故事。她的故事不是从书上读来的（她还不认识多少字），而是凭自己对图片的感觉来讲故事。

“祖父，我还想听您讲椅子的故事。”查理说。

这下，祖父想起来上次阿贝拉小姐的故事才讲了一半，查

邦克山纪念碑

理就骑着拐棍跑出去了。我不知道祖父是否愿意给不认真的听众——查理讲故事。但劳伦斯放下书，也提出了请求。克拉拉把椅子向祖父身边靠了靠。小艾丽斯立刻合上书，认真地看着祖父的脸。祖父不想让他们失望。

他讲了几个对国家的建立起了重大作用的人。如果不是纸张有限，真应该好好讲讲每个人——他们都应该被记住。祖父说了著名的福音牧师休·彼得斯，他给塞勒姆的居民带去了很多益处。彼得斯先生后来回了英国，成为奥利弗·克伦威尔的专职牧师。但祖父没说这些正直热心的人最后怎样了，因为他的小听众们已经迫不及待地想听椅子的故事了。

“约翰逊先生死后，”他说，“这把椅子归罗杰·威廉姆斯所有。他是一位神职人员，1631 年到达塞勒姆并定居下来。不用想也知道，这个好人肯定花了很多时间坐在这把椅子上学习。他要么坐在椅子上起草布道的教义，要么研读深奥的神学书籍，总是不知不觉就坐到深夜。那时候还没有什么灯或者蜡烛，人们常常使用油松火炬作为照明手段来阅读或工作，也就是那时新英格兰的饱学之士使用的‘午夜油’。”

祖父继续说威廉姆斯，跟孩子们讲了很多关于他的事情，我们就不详谈了。但有一件事和威廉姆斯的生命紧密相关，这里还是要提一下。这件事将会使读者对新英格兰的移民有更多的认识。这件事说的是红十字的事。

威廉姆斯在塞勒姆时，恩迪科特常来拜访他。那时神职人员有很大的社会影响力，因此这位牧师就常常坐在这把椅子上，和这位政府官员一起讨论天下大事，以及如何根据《圣经》的律法管理人民。

有一件事让他们特别头疼。英国的老国旗上有一个红十字，自从教皇开始统治英国时就有了。尽管红十字是神圣的象征，却受到清教徒们的憎恶，因为他们把它看成是教皇制度下偶像崇拜的残留物。现在，每次召集民兵（恩迪科特是他们的首领），除了这面带红十字的国旗，就没有其他能用的旗帜了。同样地，红十字旗也飘扬在塞勒姆城的城墙上，甚至波士顿港上、城堡岛的堡垒上。

“我承认，威廉姆斯兄弟，”他们讨论这件事时恩迪科特队长会说，“看到这样一个象征偶像崇拜的旗帜飘在我们头顶上，基督徒肯定很失望。看到它的陌生人还以为我们经历了艰难险阻，穿越海洋、行过荒野，只是为罗马的教皇开发了一个新主权。”

“是的，好先生，”威廉姆斯说，“坦诚说，清教徒是会这样。但就我个人来说，要我为这样一面旗帜开战，我会感到罪恶。我甚至也不能在讲道台上就这个问题向上帝发问。”

这大概就是恩迪科特和威廉姆斯讨论红十字旗的情况了。恩迪科特敏捷果断，很快就决定，马萨诸塞即使不能有自己的旗帜，也至少不能再用罗马教皇的旗帜。

之后不久，塞勒姆进行了一次军事集合。城里和周围所有强壮的人都去了。这些人全副武装，头戴钢盔，脖子上戴颈甲，前胸后背都佩戴着铁甲片。阳光照在这些“铁人”身上时，他们发出万丈光芒，那些印第安人从没见过这些，虽然被照得头昏眼花，但还是盯着他们看。这些士兵们都佩戴着长矛、剑和毛瑟枪。那些毛瑟枪要用火柴点火，而且重得像一艘独木舟。

这些人都有执着的一面。仅从表面上看，你可能以为他们的心也像他们身上的盔甲一样冷硬。其实他们都是虔诚的清教徒，脾气、性情都和后来那些追随奥利弗·克伦威尔、推翻英国王权的人一样。

他们几乎和恩迪科特一样讨厌教皇统治的残留物，但他们的头上飘扬的仍是红十字旗。

恩迪科特是这些人的队长。士兵们等待他发布练习的命令时，看见他一手拿着红十字旗，另一手拿着剑。他给他们做了一段演讲，大致解释了如果他们已经从教皇的统治逃入了荒野，却仍要在红十字的注视下进行战争是一件多么恐怖的事。他讲的话大致如下：

> 现在，我的战士兄弟们，你们看这面老国旗。你们中肯定有些人认为，如果对这面旗帜不敬，就是对国家不忠。但不管是否不忠，我以良心保证，这绝不会对上帝不忠。因此，我决定，我们要做上帝的士兵，而不是教皇的士兵。所以现在，我就割掉旗子上的这个红十字。

他做到了。这样，人们都知道了，在英国治下的某个地方，有个队长竟然用剑破坏了国旗。

温思罗普以及马萨诸塞殖民地其他的聪明人听说了这件事后，感到很不安，担心恩迪科特的行为会给自己和他们招来大麻烦。有人把这件事告诉了英王查理一世，但英王那时正专注于统治他的人民，无暇顾及恩迪科特。如果不是这样，恩迪科特很可能会没命，马萨诸塞殖民地也会失去自己的宪章。

“祖父，我想知道，”故事结束后，劳伦斯说，“恩迪科特割掉国旗上的红十字时，是不是暗示着马萨诸塞从英国独立了？”

“他那勇敢的心里，肯定有过独立的想法。”祖父回答，“但除了宗教，其他方面我不知道他有没有考虑过。无论如何，这是一件了不起的事情，也强烈地显示了清教徒的性格。”

祖父继续说着罗杰·威廉姆斯，以及其他坐过这把椅子的人。我们会在接下来的章节里了解到他们。

第四章　步入丛林

“罗杰·威廉姆斯坐这把椅子的时间并不长。”祖父说，“他对民事和宗教的看法，与马萨诸塞殖民地的统治者和神职人员有很多不同。而那时候的那些聪明人觉得，如果大家的思想和感受不能完全一致，国家就不安全。”

“现在还有人这样认为吗，祖父？”劳伦斯问。

“可能有一些，”祖父说，“但现在这些人没有那时候的那些地方官和牧师权力大。在威廉姆斯所处的那个时代，那些统治者完全可以按照自己的想法行事。那些统治者有权将威廉姆斯驱逐出去，让他去寻找新的地方落脚。他于 1634 年被流放，先去了普利茅斯殖民地，但那里的人和马萨诸塞殖民地的人看法一样，他们也不愿意留下他。幸好，还有很多荒无人烟的地方，威廉姆斯带着自己的人进入丛林，和印第安人达成协议，开始建立自己的种植园，并取名为‘普罗维登斯’。”

“我坐火车去过普罗维登斯，”查理说，“离波士顿只有两个小时的路程。”

“是的，查理，”祖父说，“但当初威廉姆斯去那里的时候，

走在丛林中的罗杰·威廉姆斯

要翻山越岭，穿过沼泽和小溪，得走好几天才能到。现在，他的小种植园成了一座有名的城市，那里的人们都非常尊重威廉姆斯。他的名字家喻户晓，不过这是因为他的名字被印在了钱上。如果这个好牧师知道自己的名字要被罗杰·威廉姆斯银行借用，不知道会有多尴尬。”

“他被马萨诸塞殖民地流放，”劳伦斯说，“向丛林走去时，肯定觉得自己再也看不到人类文明了。但现在我们整个国家都知道他，还会永远记住他。”

“是这样，”祖父说，“常常有这种事。某个时代的弃儿，却被后人尊为最睿智、最优秀的人。一个人身后留下的名声才是最宝贵的。不过我们还是继续讲故事吧。威廉姆斯被放逐后，他把椅子留给了安妮·哈钦森夫人。她拥有这把椅子直到 1637 年。安妮·哈钦森夫人聪明机智、富有教养，深深了解自己的智慧和能力，并且觉得，如果不能用自己的能力为社会做点儿什么，有些可惜。因此她开始在波士顿举行讲座，一周一到两次，那里的大多数女性都参加了这些讲座。她坐在祖父的椅子上，端庄威严地主持着这些讲座。”

“祖父，肯定是这把椅子吗？”克拉拉把手放在椅子的雕花扶手上问。

“当然，亲爱的克拉拉。”祖父说，“哈钦森夫人的讲座不久就引起了骚动，因为波士顿的牧师认为，一个女性公开指导人们宗教教义，既不安全也不合适。更糟的是，她宣称科顿先生是新英格兰唯一真正虔诚神圣的神职人员。那时候的神职人员在政治上享有很大的权力，站在地方官的角度想一想，你就能想象到哈钦森夫人树立了多少有权势的敌人。这些人召开了一场宗教会议，也就是说，整个马萨诸塞殖民地的牧师都集合起来了，他们宣称人们所听到的布道里有82个错误的观点，哈钦森夫人的观点首当其冲。”

“如果有82个错误的，”查理说，“那还有对的吗？”

“哈钦森夫人有很多热心的朋友和追随者，”祖父继续说，“年轻的亨利·范恩就很喜欢她。范恩大概一两年前从英国过来，一过来就被选为殖民地总督，那时候他才24岁。但温思罗普和其他的领导人，还有牧师，都不喜欢哈钦森夫人所讲的教义。这样就形成了两个对立的阵营。他们吵得不可开交，以至于人们觉得就要发生战争和流血事件了。但温思罗普和牧师的权力比另一方大，他们解除了哈钦森夫人那些追随者的武装，并把他们投入了监狱。像罗杰·威廉姆斯一样，她也被流放了。”

“亲爱的祖父，他们也把那位可怜的夫人赶入丛林了吗？”小艾丽斯叫道，虽然这是一起关于宗教的斗争，但她仍充满了人情味。

“是的，小宝贝，”祖父说，“她的结局非常悲惨，我还是不告诉你为好。离别的时候，她带着崇高的敬意，把椅子留给了她的朋友亨利·范恩。他天资聪颖，学识渊博，赞同清教徒的宗教观点。离开英国的时候，他就打算在马萨诸塞过一辈子。

人们也选他当了总督。但因为哈钦森夫人引起的争议以及一些其他问题，他最后于1637年离开了那里。你们可以从英国历史中了解到他的后半生。”

亨利·范恩爵士

“是的，祖父，”劳伦斯大声说，“在厄珀姆先生为范恩写的传记里，可以知道得很清楚。过了很久以后，他死了，但他死得那么美好，虽然是死在绞刑架上。”

“很多美好的死亡都发生在绞刑架上，”祖父说，“伟大而善良的人，他们的敌人所送出的殉道之冠是他们最大的荣耀。”

为了让孩子们充分理解关于这把椅子的所有重要的故事，

祖父觉得有必要说一下建立殖民地取得的进步。前面已经说过，1620 年建立了普利茅斯。1635 年，两位牧师——胡克先生和斯通先生，踏上了从马萨诸塞去康涅狄格的路，他们带着自己的追随者，一路穿过荒无人烟的丛林。之后，他们建立了城市——哈特福德。1638 年，著名的牧师达文波先生和其他人一起，在纽黑文建立了一座种植园。同年，在马萨诸塞受到迫害的几个人去了罗得岛——那里也是从那时开始叫“罗得岛”的。他们在那儿定居下来。大概这时，很多移民去了缅因，在没有常规政府的状况下生活了下来。皮斯卡塔夸河附近也有情况差不多的移民，现在那地方叫“新罕布什尔”。

就这样，在新英格兰海岸线上的诸多地方，都有了英国人的社区。尽管这些社区彼此独立，但他们都依靠英国。离祖国那么遥远，这些异乡人都觉得彼此就是兄弟。随着时间的流逝，他们自然形成一个团结一致的民族。而且因为不同的民族住在不同的地方，组成不同的社区，同个社区的人们之间的兄弟情感更深了。法国殖民地是在加拿大和新斯科舍。哈德孙河两岸则是荷兰人的殖民地，他们占据这里已经很久了，并把这里叫作“尼德兰”。

据我所知，祖父可能还讲了马里兰和弗吉尼亚，这个亲切的绅士真心觉得他的椅子应该走遍了整个美洲。但他朝查理瞥了一眼，发现这个淘气的孩子又不耐烦地想要骑拐棍了，因此这次就讲到这儿停下了。

第五章　自然成长的城市

孩子们现在几乎把椅子当作有感情的生物去看待，他们还记住了那些曾在上面坐过的伟人。

就连不守规矩的查理，现在似乎也感到这把庄严的椅子不能随便攀爬或打翻。不过房子里其他的椅子，在他那里可没有这待遇。克拉拉对它的敬意更高了，经常为它理理垫子，刷洗雕花和椅背，清理扶手处怪异图案里的灰尘。劳伦斯有时会对着椅子干坐一个小时，特别是在傍晚时，他一边盯着椅子，一边把以前坐在椅子里的人挨个想一遍。

小艾丽斯明显也是这样，有一次祖父出去了，有人听见她正在跟和善的阿贝拉小姐说话，好像阿贝拉小姐就坐在椅子里。像小艾丽斯这样善良的孩子最适合和天使交谈，而阿贝拉小姐在很久以前就成了天使。

很快他们又要求祖父讲椅子的故事。他讲起来毫不费力，好像我们历史上早期记载的那些人，确实都曾在这把舒服的椅子上坐过。如果说祖父为什么事感到骄傲的话，那肯定是为自己能拥有这把历史悠久、满载荣誉的椅子而感到骄傲。

“范恩总督回英国后，我不确定谁得到了椅子。”祖父说，“但有一点我知道，邓斯特校长曾经坐过，在他第一次主持哈佛大学毕业典礼时坐的。孩子们，你们常听人说我们的先辈在给后代提供优质的教育上特别尽心。但其实在开始建立大学前，他们砍的树都不够搭建房子用。他们建学校的主要目标，就是培养虔诚而博学的牧师，所以老一辈的作家都将哈佛称为‘先知学校’。”

“现在哈佛还是先知学校吗？”查理问。

“我毕业很久了，查理，你最好问一下最近毕业的学生。”祖父说，“我刚才说到，1642 年邓斯特校长坐在这把椅子里，为九个文学学士颁发毕业证书。他们是美洲第一批受此殊荣的人。现在，我必须承认，在这之后差不多十年的时间里，关于这把椅子的经历众说纷纭，难以确定。有人说是你们自己的先辈威廉·霍桑——第一任众议院议长得到了它。不过，即使在这不确定的一段时间里，我还是感到很满意，因为可以说在那段时间里，这把椅子是总督们的“专座”。想到马萨诸塞的好几位总督都在议会时坐过这把椅子，我觉得很开心。”

“但是祖父，”查理虽然还只是个小人儿，这时却煞有介事地插进来说，“您有什么理由这样想？”

“请尽情想象吧，祖父。”劳伦斯说。

“如果查理允许的话，我会的。”祖父笑着回答，“就让我们假设是我想的那样，那么大选时，温思罗普、贝林厄姆、达德利、恩迪科特，他们每个人都在这把椅子里坐过。他们也是坐在这把椅子里主持政务，和首席参事兼助理探讨问题的。每次众议院有消息传来时，总督都坐在这把椅子里。”

讲到这里时，祖父闷声讲了一些政府的本质和形式，马萨诸塞以及其他新英格兰殖民地的政府都是自然甚至不由自主地建立的。民主党都是在新世界成长的。至于马萨诸塞，一开始人们打算由伦敦的一个委员会来治理。但过了一段时间后，人们自己掌了权，他们每年选举总督、参事和代表们。英国人从来没享受过新英格兰现在拥有的自由和优势。英国人对这种情况研究了一段时间，最后决定还是不采用这种从政方式，不过说起来，统治人民的方法有很多。

“劳伦斯，”祖父继续说，“如果你想对这方面的事情有更多的了解，那你就要在班克洛夫特先生所写的历史中去探寻了。我只是在讲椅子的故事。在总督们坐在这把椅子上的那段时间，并没有什么可讲的事情。城市现在已经有了可靠的根基，却没有开始时发展得快了，英国已经不再迫害清教徒了。不过，城市仍在安静、自然地成长。立法机关合并了城市，又开始向印第安人要土地。1643 年发生了一件具有纪念意义的事。马萨诸塞、普利茅斯、康涅狄格和纽黑文组成了联盟，以便在遇到困难时互相帮助，共同对抗敌人。他们称自己为‘新英格兰的联合殖民地’。”

“他们由一个像美国那样的政府统治吗？”劳伦斯问。

“没有，”祖父回答道，“不同的殖民地没有合并，那只是殖民地政府之间的联盟，有点儿像‘近邻同盟’[1]，你在希腊历史里看到过这个。我们还是回到椅子的话题吧。1644 年它获得一项殊荣。恩迪科特总督坐在上面接见了阿卡迪亚和新斯科舍的法国总督的特使，签订了马萨诸塞殖民地和法国殖民地的和平条约。”

“英国允许马萨诸塞殖民地对其他国家行使战争或和平权吗？”劳伦斯问。

“那时候，马萨诸塞和整个新英格兰几乎独立于他们的祖国。”祖父说，“那时候英国正在内战，你们可以想象一下，国内的事国王还忙不过来，根本顾不了远处的殖民地了。国会一掌握权力，肯定要用全副精力对付骑士。新英格兰就像年轻强壮却被父母忽略的小伙子，只好自己照顾自己。1649 年，英王查理一世被砍头。奥利弗·克伦威尔成了英国的保护人，但他是个清教徒，也是

奥利弗·克伦威尔

① 近邻同盟：古希腊时，具有共同宗教信仰的近邻各邦联盟，或称“邻邦同盟”。——译者注

由勇敢的清教徒们推举上去的，他对美洲的清教徒殖民地表现出了慈爱和宽容。”

祖父以这种无趣的方式讲了很久，久到都不知道时间了，他想到查理可能觉得不好玩了，就瞥了一眼那个活泼的小家伙，他正惬意地伸懒腰呢。因此祖父就讲了一个很有趣的事情，也是关于椅子的历史。我们在下一章说。

第六章　松树先令

“孩子们，根据权威资料记载，”祖父说，“这一次，椅子很不幸，断了一条腿。差不多就是因为这件事，椅子才不再是马萨诸塞殖民地总督们的专座。确切地说，如果‘专座’只有三条腿，对联邦来说是一个不吉利的兆头，因此椅子就被拿去拍卖了。唉，世事多么无常！谁能想到有着这样历史的椅子——我们这位高贵的朋友，就这样落入了一位约翰·赫尔上尉手里。这位老绅士仔细检查了椅子后，发现只要把断的那条腿用铁夹夹上，椅子就能像以前一样正常使用了。”

“是这条腿断过！”查理大声叫起来，并趴到地板上去看那条腿，“这是铁夹，修得真好啊！”

等他们都看完了断腿，祖父跟他们讲了一个关于约翰·赫尔上尉和松树先令的故事。

赫尔上尉是马萨诸塞殖民地造币厂的厂长，所有的钱都在他那里铸造。这是一门新行业，因为在早期的殖民地，流通的货币只有英国、葡萄牙和西班牙的金子和银子。这些货币很少，人们常常只能以物易物，无法进行买卖。

比如说，如果一个人想买外套，他可能要拿一张熊皮去换。如果他想要一桶糖浆，可能得拿一堆松木板去交换。步枪子弹被当作法新[①]使用。印第安人有一种货币，叫贝壳币，是由蛤壳做的，移民们也使用这种奇怪的货币付账。从没有人听说过纸币。很多地方都没有任何一种货币足够支付牧师薪水。所以他们常常担回几百公斤的鱼，成蒲式耳[②]的玉米，或成捆的木材，而不是拿着金子或银子回家。

随着人口的增加，他们的贸易往来也增多了，对现金的需求也更迫切。为了满足这个需求，常设法院通过了一项法律，允许制造先令、六便士和三便士的钱币。约翰·赫尔被任命制造这些钱币，并且可以从每制造的 20 先令中拿到一个，作为自己辛苦工作的报酬。

这样，殖民地中所有的银制品就都聚集在赫尔手里了。破旧的银罐子、大啤酒杯，以及银带扣、坏了的银勺子、破衣服上的银纽扣、被法庭没收的刀剑的银手柄等，这些奇奇怪怪的旧家什都被一股脑儿投进了熔炉。不过这些银器中绝大部分都是南美银矿开采的银块，它们是由英国海盗从西班牙人那里抢去带到马萨诸塞殖民地的。

所有这些旧的和新的银器都一起熔化，被铸成新币了，这

① 法新：1961 年以前的英国铜币，等于 1/4 便士。——译者注

② 蒲式耳：英美制容量单位。英制 1 蒲式耳合 36.37 升，美制 1 蒲式耳合 35.24 升。——编辑注

样就有了大量闪闪发光的先令、六便士和三便士。每枚钱币都是一面印着日期“1652年”，另一面印着一幅松树图。所以这些钱币也叫松树币。你肯定还记得，每制造20个先令，赫尔就能拿一个作为自己的工资。

但很快，地方官就开始觉得造币厂厂长的工资可能太高了。他们提出如果他愿意放弃之前的工资约定，他们会给他一大笔钱。但赫尔宣称对之前的约定很满意。他说得有道理，勤奋如他，短短几年，他的口袋、钱袋还有保险柜里就都装满了松树币。很可能就是在那时，他买下了祖父的椅子。鉴于他工作非常勤奋，他也应该有一把舒服的椅子可以坐进去休息。

造币厂厂长很有钱的时候，一个叫塞缪尔·休厄尔的年轻人来向厂长唯一的女儿求婚。我不知道他女儿的名字，就叫她贝齐吧。贝齐是个健康强壮的姑娘，决不像我们现在有些姑娘那么瘦。相反，因为喜欢吃南瓜馅饼、油炸圈饼、印第安布丁和其他清教徒美食，她也像布丁一样圆润丰满。塞缪尔·休厄尔爱上了这个圆润乐观的姑娘。他脾气好，工作勤奋，又是教会的成员，厂长很乐意答应他的请求。

“好的——你可以娶她，”厂长以一贯生硬的口气说，“不过你很快就会发现她其实是个沉重的负担。”

大婚那天，老实的赫尔大概穿了件紫色的外套，上面所有的纽扣都是松树先令做的，马甲上的纽扣都是六便士的钱币，紧身短裤膝盖处的纽扣则是三便士的银币。他戴着鹿角，庄严地坐在祖父的椅子里。因为身材有些肥大，他几乎坐满了整张椅子。而在房间的另一边，贝齐正坐在一群伴娘中间。她极尽可能地穿戴了自己的好东西，现在看起来就像一朵盛开的牡丹花或一个大红苹果。

新郎就在她旁边，穿着剪裁合体的紫色外套和镶金边的马甲，尽可能戴着清教徒法律和风俗所允许他戴的所有装饰。他的头发不整齐地贴着头，因为恩迪科特总督禁止任何男性的头发超过耳朵。但他其实很有风度，伴娘和贝齐小姐也都这样认为。

厂长对自己的女婿也很满意，特别是他娶贝齐小姐是出于纯粹的爱情，关于她要分到的财产只字未提。婚礼一结束，赫尔对他的两个男仆耳语吩咐了一句，两个男仆立即出去，很快就使劲拉着一台大磅秤回来了。这么大的磅秤一般是批发商用来称大型货物使用的，现在这磅秤上就要有一个“大型货物”。

“贝齐，我的女儿，”厂长说，“站到秤的一边去。”

贝齐小姐，或者可以叫休厄尔夫人——她照做了，就像一个听话的孩子，从不问为什么。难道她父亲想让她丈夫按斤买她？这样她可价值不菲啊。她完全不知道父亲会是什么意思。

“现在，”老实的赫尔对仆人说，“把这边的箱子拿过去。”

赫尔指的箱子是一个方形包铁的橡木大箱子。那个箱子很大，你们四个都可以在里面玩藏猫猫。仆人拼尽全力也抬不起来，后来终于获准将箱子拖过去。赫尔从腰带中取出一把钥匙，打开箱子，掀开笨重的盖子。看好了，那可是满满一箱亮闪闪的松树先令，都是崭新的。休厄尔觉得他岳父肯定占有了整个马萨诸塞殖民地的财富。但这只是这个诚实的人该得的那部分。

接着仆人根据赫尔的吩咐，把箱子里的先令一捧捧放到磅秤的一边，贝齐仍站在另一边。叮当、叮当，先令不断发出碰撞的声音，随着先令一把一把地扔进去，这边慢慢地压下去，圆润丰满的贝齐小姐被翘起来了。

“好了，亲爱的休厄尔！”老实的厂长叫道，重新坐回椅子，“把这些先令拿去，作为我女儿的嫁妆。善待她吧，还要谢谢她，可不是每个姑娘都像她的体重那么值钱。”

听到这里，孩子们都笑了起来，一点儿也没想到这可能是祖父自己编的故事。他诚恳地跟他们说这是他在一个严谨的历史学家那里看到的，并没有故意要搞笑。而休厄尔最后成了马萨诸塞殖民地的首席法官。

“好吧，祖父，”克拉拉说，“如果现在给付结婚嫁妆也是像贝齐小姐那样的话，很多姑娘们肯定就不愿意像现在那么瘦了。”

第七章　早期的移民与印第安人

孩子们又一次围坐在祖父身边，要听椅子的故事时，祖父给他们讲了贵格会受迫害的悲惨历史。这件事开始于1656年，在马萨诸塞殖民地持续了差不多三年的时间。

首先，他给孩子们讲了贵格会的创立者乔治·福克斯及其他11个成员是怎样从英国到达美洲的。他们好像被一种对人类灵魂的热爱推动着，纯粹想弄明白他们所认为的天意。但统治者觉得他们是在蓄谋破坏政府和宗教，因此将他们驱逐出了殖民地。然而，一段时间后，不但这12个人回来了，还有很多其他的贵格会成员跟他们一起回来了。对于政府公然反对牧师和教会，这些贵格会成员表示谴责。

乔治·福克斯

祖父描述了这些贵格会成员受到的指责和憎恨。他们被投进地牢，而且无论男女，身上都被打出一道道伤痕。他们被驱逐到荒野中，面对的是野兽和印第安人。但是，他们被鞭打得越厉害，被投入监狱和放逐的越多，受他们影响而增加的会员就越多。孩子们都为这样的事情感到惊讶。但祖父说，上帝在人类的灵魂里注入了某样东西，让他们能够无畏于残忍的迫害。

祖父继续讲述着。1659 年，两个贵格会成员——威廉·鲁滨逊和马默杜克·斯蒂芬森，在波士顿被绞死。还有一个女人也被判死刑，但她以离开殖民地为代价获得缓刑。这就是玛丽·戴尔。1660 年，她却冒死回到了波士顿——如果祖父知道得更多的话，那时候发生了一起意外事件，把她和我们的故事联系了起来。这位玛丽·戴尔去了厂长的住所，她穿着一身粗布衣，面如死灰，带着一种说不清的庄严坐进了祖父的椅子。然后开始传递她所谓的上帝的信息，但她还没说完就被投进了监狱。

“她被处死了吗？”劳伦斯问。

“是的。”祖父说。

“祖父，”查理挥舞着拳头叫道，“我会为这个可怜的贵格会女人一战的。”

“啊！如果有人保护她，”劳伦斯说，“她的死亡就没有这么美了。”

这个因受迫害而流浪的可怜的贵格会女人坐过这张椅子——好像没有哪段故事比这个更能引起孩子们的关注了。孩子们很

英王查理二世

激动，祖父觉得有必要再讲得详细些。

“1660年，就是戴尔被处死那年，”他说，“查理二世恢复了王位。这位国王有很多敌人，但他不允许在他的国土上以宗教的名义引发任何冲突。贵格会的成员将马萨诸塞殖民地对他们的会员兄弟进行迫害的事情告诉了国王，于是国王下令，要求恩迪科特总督在此后要避免这类事情的发生。这样，对贵格会的迫害才告一段落。这件事是我们的先辈所经历过的最悲惨的事件之一。”

祖父又说，上述事件过去后不久，恩迪科特先生把大椅子送给了牧师约翰·艾略特先生。他是罗克斯伯里的第一位牧师。除了履行牧师的职责，他还学会了印第安人的语言，经常到树林里给印第安人布道。为使这些印第安人有所改变，他非常努力，以至于大家都称他为“印第安人的第一个传教士”。提到这个神圣的人，这让祖父想起来应该简要说一下印第安人的历史，毕竟他们和英国的殖民者有关。

在第一批清教徒到达普利茅斯前不久，印第安部落中发生了可怕的瘟疫，那时候的圣人和牧师都倾向于认为天意如此，认为那是为了给英国的移民者提供更多的地方。不过我不明白，为什么在上帝眼里，一个印第安人的生命会比不上一个白人的生命。但不管怎样，死神确实带走了很多印第安人的生命。

英国人发现，很多地方的棚屋被遗弃了，玉米也白白生长了——因为没有人收割。还有很多成堆的土，挖开来会发现那些都是印第安人的坟墓，里面还有弓、带石尖的矛和箭，因为印第安人有把死去武士的武器随葬的风俗。有些地方还有未埋的尸骨。1633 年和 1634 年，马萨诸塞殖民地的印第安人爆发了天花，很多人都因为这个旧世界的可怕疾病死去了。这些不幸事件让他们的力量远不如从前。

在移民到来后的大约半个世纪内，印第安人基本能和他们和平友好地相处。在很多次冲突中，印第安人本来能大获全胜的，却都做了妥协。但普利茅斯的移民却在著名的迈尔斯·斯坦迪什上尉的带领下，毫无缘由地于 1623 年杀害了一些印第安人。因此 1636 年和 1637 年，印第安人和移民之间爆发了一场最激烈的战争。康涅狄格殖民地的移民，对著名的印第安人副酋长昂卡斯的部落发起了这场战争。马萨诸塞殖民地并没有参与这场战争。数以百计的敌对印第安人或被杀死、或被烧死在他们的木屋中。萨萨库斯——他们的酋长，战败后逃到了其他部落，却遭自己人杀害，首级被送到英国敌人手中。

从那个时候起，直到接下来要说到的国王菲利普引导的战争前，在这段时间里英国人一直和印第安人和平相处。但殖民者却一直处于战备状态，准备好武器随时投入战斗。

“有时我怀疑，”祖父说，“我们的先辈中是不是只有一个人意识到印第安人有头脑和心灵，还有不朽的灵魂。那个人就是约翰·艾略特。其他人似乎都认为印第安人属于劣等民族，上帝创造他们只是要他们代白人保管这个国家，直到白人到来为止。”

“那些虔诚的人想过要向印第安人传教吗？”劳伦斯问。

“有的，有时候有，”祖父回答，“地方官和牧师讨论过要向印第安人传播文明和宗教。但在他们心里，他们都认为这就跟驯化一头丛林棕熊并让它能够进入天堂一样。他们觉得这件事不可行，他们不喜欢那些可怜的印第安人。现在，艾略特对那些印第安人充满了爱，愿以毕生的精力来帮助印第安人，他对他们充满了信心与希望。”

“如果是我，我就先征服他们，再改变他们的信仰。”查理说。

“啊，查理，你说出了我们先辈的心声。”祖父说，“但艾略特先生的心灵更高贵些，他把他们看作自己的同胞。他尽可能劝服他们不要继续无所事事地游荡，而要像英国人一样建造房屋，耕地种田。他在他们中建立了学校，教很多人读书。他还教他们祈祷。所以他们被叫作‘祈祷的印第安人’。最后，在把自己一生中最美好的时光奉献给他们后，艾略特先生决定要用余生为他们做一件更好的事。”

“我知道是什么事。”劳伦斯抢着叫道。

“他坐在书房里，”祖父继续说，“开始把《圣经》翻译成印第安语。就是在做这项工作的时候，厂长把这把椅子送给了他。他工作辛苦，很需要这把舒服的椅子，也配得上这把椅子。”

“哦，祖父，给我们讲讲那本印第安语的《圣经》吧。”劳伦斯叫着说，“我在文学图书馆看到过，一想到那些幸存的印第安人中，没有人再读这本书，我就好想哭。”

第八章　虔诚的牧师

祖父很崇拜艾略特，所以他很高兴地答应了劳伦斯的恳求，继续讲起了艾略特先生的工作，特别是他翻译的印第安语《圣经》。

亲爱的孩子们，即使你们的人生才刚刚开始，如果叫你们去抄写那本家庭《圣经》里的每个章节、每段诗和每个字，你们觉得怎么样？是不是沉重的负担？但如果把任务换一换，不是抄写英语《圣经》，而是学一种与其他语言都不一样的语言呢？这种语言除了印第安人以外从未有人学过，它还没有书面语，它的单词似乎并不能以字母进行拼写。如果任务换成先学习这种口语，再把《圣经》翻译过来，而且做这件事要非常认真，确保《圣经》上的每个说法都没有译错——怎样才能让你接受这个任务？但这就是艾略特要做的事情。

对于一个略上年纪又全靠自己的人，这是一项巨大的工程。而他能期望得到什么回报呢？没有，什么都没有。但他坚信印第安人是犹太人的后裔，数千年来，关于那些失踪的犹太部族，历史上没有任何记载。他希望上帝能够让漂洋过海来到这里的英国人——尽管他们是基督徒，可以帮助启蒙这些落后的民族。而后当他被召去天堂时，他相信会遇到另一个世界的神灵，因为自己曾翻译过《圣经》而得到这些神灵的祝福。地球上没有什么东西比这个更能带给他希望和信心，这对他来说是如此珍贵。

有时工作的时候，会有学识渊博的人拜访他，他们想知道艾略特先生在做什么文学工作。他们和他一样，都在神学院学习过，而且总觉得自己懂得关于人类的所有知识。对他们来说，希腊语和拉丁语就如同从小就看的《圣经》一样熟悉，希伯来语说得像母语一样流利。他们穷其一生都在学习，他们的眼睛因为常在夜晚的灯光下看印刷稿和手写稿而变得模糊不清。

可是，他们没学过的还有那么多！艾略特先生会递给他们一些他写好的东西。看好了！这些头发灰白的人磕磕巴巴地念着那些又长又奇怪的词语，就像初学阅读的幼儿。然后艾略特先生就会叫来一个印第安男孩，把那些让学识渊博的英国人疑惑不解的手稿递给他。

“念念这个，孩子，”他说，“这些人是我的同胞，他们很想听听你的母语。”

接着那个印第安男孩就会看着那些神秘的页面，娴熟地读起来，他的嗓音听起来就像旷野里的音乐，像森林里的树叶在唱歌，像远处的溪流从这个孩子的声音里奔流而下。这就是印第安人的语言，它好像仍回荡在天地中。

结束后，艾略特先生会给那个男孩一个苹果或一块蛋糕，让他回到他天性热爱的大自然中去。艾略特先生对孩子们都很和蔼，有时还和他们一起做游戏。等他的客人们走了以后，这个好心人就继续耐心地做他的艰苦工作。

没人像艾略特那样了解印第安人的性格，也没人能像他那样影响新英格兰地区的印第安部落。他的国人在和印第安人进行交易时，肯定也非常重视他的建议和帮助。偶尔，总督和参赞们可能也来拜访艾略特先生，特别是他们想要欺骗印第安人的时候。比如，他们怎样才能得到印第安人那块富饶的土地。再或者，怎样才能让印第安人做他们的仆人，好像上帝就是安排印第安人必须附属于更强大的白人似的。

再或者，有些好战的军官，穿着软皮外套和盔甲，陪着总督和参赞一起来。他们手按着剑柄宣称，对付印第安人的唯一办法就是出鞘的剑和上膛的枪。

但艾略特拒绝了圆滑的政客和野蛮的武士。

“请把印第安人看作人类，看作我们的同胞，”他说，“让我们一起努力把他们变成基督徒。他们的祖先是上帝从埃及送到这儿来的。或许他想让我们把孩子们从无知和邪神崇拜的悲惨世界救回来。可能就是这个原因，上帝才指引我们来到这里。”

等这些客人走了以后，艾略特先生就又回到他写了一半的纸张前。他片刻也不敢休息。他觉得，在他正在翻译的这本书里，有一个非常智慧的人，会为改善和教化野蛮的部落而满足。让《圣经》在他们之间流传开吧，所有善良的人自会跟从。但一想到整个民族的未来都决定于他给自己设定的这个任务，他又觉得他想看到的结果是多么脆弱！万一他中风了呢？万一他的大脑迟钝了呢？万一在工作完成前他就去世了呢？那印第安人就要永远在荒野中流浪了。

这样的想法驱使着他，因此，不管是夏日的凉风从窗子吹进来时，还是冬日从森林砍来的原木在粗大的石烟囱里冒出火焰和白烟时，他都坐在这把椅子上工作着。早上第一声鸟鸣响起前，艾略特的灯就亮了，直到半夜，他困倦的头颅还没能躺在枕头上。最后，他舒服地往椅背上一躺，带着神圣的得意对自己说："我完成了！"

工作完成了。这就是那本给印第安人看的《圣经》。那十个失踪已久的犹太部族的后人们，现在可以学习自己先辈的历史了。他们先辈的光荣会在他们身上得到延伸。

我相信，艾略特去世后，会在天堂里得到古时的先知们、早期的传道者们，以及能立刻从救世主的出现得到启示的传道者们的热烈欢迎，这种想法并没有不虔诚的地方。他们最先开始宣讲真理，拯救世界。而艾略特虽然远离他们好几个世纪，却有着同样的精神，在西部的新世界里传递着同样的信息。从基督教诞生之日起，就没有人比艾略特更有资格被列入"首位传道者"的队列里。

"我一想到，"劳伦斯说，"艾略特先生千辛万苦完成的工作，只有与他同时代的一些印第安人受益了，我就不开心。不过，哪怕只拯救了一个印第安人的灵魂，艾略特先生也肯定不后悔。但这实在是一件悲哀的事，他花了那么多心血翻译《圣经》，结果现在印第安人不会再看，印第安语也差不多消亡了，只剩下这本印第安语版本的《圣经》，成为印第安民族和印第安语存在过的见证。”

“劳伦斯，”祖父说，“如果你怀疑人们不会以无私的热情为自己的同胞做好事，就想想艾略特先生做过什么。如果你觉得在你的心里自己的利益更重要，那就想想艾略特先生的印第安语《圣经》。这样一个人曾经活过，并为他的人生留下这本遗作，对整个世界都是好事。”

劳伦斯的眼睛里涌出了泪水，他承认艾略特先生的努力白费了。小艾丽斯伸开双臂，抱住祖父长满白发的头，靠近自己的金发。

“祖父，”她小声说，“我想亲吻艾略特先生。”

毫无疑问，像艾丽斯这样甜美的孩子亲吻他，好心人艾略特先生会很高兴，并且会把这当作自己得到的一种回报。

祖父看到了书架上弗朗西斯博士为艾略特先生精彩的一生而写的传记，他建议劳伦斯仔细读一读。接着他又说起了菲利普国王的战争，这场战争始于 1675 年。第二年，菲利普国王死亡，这场战争由此而终止。菲利普是个骄傲、暴力的印第安人，艾略特先生想把他转化成基督徒的努力白费了。

“听到他的国人和被他视为子女的那些人互相残杀，艾略特先生非常苦恼。”祖父继续说，“有一些印第安基督徒也追随了菲利普国王，英国人这边也有很多人参战。战争中，受到艾略特先生教化的那个印第安社区被冲散了，可能再也没能聚在一起欣欣向荣地发展。但艾略特先生的热情没有冷却，就在他去世前五年，他还在费力地翻译印第安语《圣经》的第二个版本。”

“我真心希望，祖父，”查理叫着说，“您能跟我们讲一讲菲利普国王的战争。”

“哦，不！”克拉拉叫道，“谁想听磨刀挥斧的事。”

“不能，查理，”祖父回答说，“我没有时间讲战争的事。你只要知道，这是印第安人对白人的战争中最血腥的一次就够了。还有，战争结束后，英国人把菲利普国王的头挂在了旗杆上。”

“英国人的指挥官是谁？”查理问。

“人们说得最多的是本杰明·丘奇，一个很有名的武士。”祖父说，“但是我跟你保证，查理，不管是丘奇还是参战的任何官兵，他们所做的事情，比起艾略特翻译《圣经》的工作都不值一提。”

“让劳伦斯去当传道者吧，”查理自言自语，“我要去当上尉。”

第九章　革故鼎新

孩子们现在习惯了一有空就围在祖父的椅子周围，于是我们可以常常看到这样令人称奇的画面：一个白发老人，被花儿一样的孩子们簇拥在中间。他和他们的对话，是过去和现在，或者未来的对话，因为孩子们还没有长大成人。他们经历过的生活只是做各种开心的事，以及从各种途径吸收知识，现在还没到他们能做事的时候。

有时，祖父凝视着他们天真可爱的面容，会忍不住湿了眼眶。他几乎为他们必须要学习过去，并为未来做准备而感到遗憾。他真希望他们能永远这么开心这么年轻，永远围绕在他的椅子旁嬉戏，而不会问椅子的历史。一想到小艾丽斯——如同天堂中的花蕾一般美丽的艾丽斯，以后要面对生活的冷酷，或生活的酸甜苦辣，他就非常难过。她那么可爱，应该让她永远当一个孩子。

不过，这样的想法只是在老人的心里一掠而过。他有足够的信心去相信，也有足够的智慧去理解，盛开的花朵肯定比含苞待放的花蕾更圣洁且令人愉悦。虽然祖父现在已到垂暮之年，但他心里很明白，有些东西是童年时期最开心的事也无法比拟的。各色的人生经验——所有他享受过、忍受过、看到过、听到过或做过的，经过灵魂的沉淀，都会让自己变得更好，这是一种福佑。同样地，孩子们虽然现在还不知道这些，但以后却会经历，这些经历也会帮助他们拥有不朽的灵魂，这对他们也会是一种福佑。

这样，祖父带着新的快乐，又开始说起了椅子的故事。他相信，从这些历史的长河中，总能提炼出比自己的智慧更深远的东西，这种东西可以超越时间。

这次，祖父讲了远在 1660 年发生的故事。那时候，美洲的清教徒勉强承认了恢复王位的英王查理二世。奥利弗·克伦威尔死时，新英格兰的人民无比伤心。波士顿宣告新国王的王权之前，国王已经登位一年多了。本来，这样的事情如不及时公布，波士顿的官员们会被判叛国罪的。但查理二世统治期间，美洲殖民地并没遭受什么苛刻残暴的待遇。

1685 年查理二世死后，他的弟弟詹姆斯继位。新英格兰的元老们开始害怕了。詹姆斯二世是个固执的天主教徒，他独断专行的脾气是出了名的。所有的新教徒，特别是清教徒，都担心詹姆斯二世会以武力恢复天主教的统治。我们的先辈们觉得他们的宗教和自由都得不到保障。

结果证明，他们的忧惧是有道理的。詹姆斯二世下令取缔美洲所有的宪章。马萨诸塞殖民地的老宪章一直被人们视为神

詹姆斯二世在波士顿宣布继位

圣之物，并被他们当作自由的根本，现在竟然被宣布无效了。殖民者现在不是自由人了，他们的生命掌握在国王手里。1685 年，

英王詹姆斯二世

詹姆斯二世将马萨诸塞本地的约瑟夫·达德利任命为新英格兰的总统。但不久后，英国军队的军官埃德蒙·安德罗斯爵士来了，他被任命为新英格兰和纽约的总督。

国王给了埃德蒙·安德罗斯爵士很多权力，在他统治的地方，殖民者们没有自由，也没有法律。居民不能自由地选择人民代表，对政治没有任何话语权，也不能参与政府的管理方式。总督就政治意见咨询的参事们也是他自己指定的。这其实就是专制政府。

“埃德蒙·安德罗斯爵士统治期间，人们遭受了不少痛苦，”祖父说，“人们也更忧惧了。总督从英国带了士兵过来，他们占据了城堡岛上的老堡垒和希尔堡上的要塞。不时有流言说，这些士兵要对这里的居民进行大屠杀。还有报告说所有的牧师都要被杀头或投入监狱。”

埃德蒙·安德罗斯爵士

“为什么？”查理问。

威廉三世

“因为他们是人民领袖，查理。”祖父说，“那时候，牧师比将军更令人敬畏。当美洲的这一切正在进行时，詹姆斯二世的统治引起了英国本国人的不满，他们去荷兰请来了奥兰治亲王。他娶了英王的女儿，所以有权夺位。他到达英国后，就宣布称王，即威廉三世。詹姆斯二世被迫逃去了法国。”

祖父说了后来的事，马萨诸塞殖民地的人们一听到奥兰治亲王到了英国，就奋勇推翻了埃德蒙·安德罗斯爵士的统治。埃德蒙·安德罗斯爵士、约瑟夫·达德利，还有埃德蒙·伦道夫，以及其他的随从都被关进了监狱。詹姆斯二世废除宪章前的总督老西蒙·布拉德斯特里特，受人民之邀，继续回来当总督。

“布拉德斯特里特总督是一个体弱的老人，差不多九十岁了。”祖父说，“他是第一批移民者之一，和所有为我们国家打下根基的伟人们都是好伙伴。他们都先他而离世了。布拉德斯特里特是最后的清教徒。”

祖父停顿了一会儿，笑了一下，好像想到了什么有趣的事情要告诉孩子们。他继续说：“现在，劳伦斯、克拉拉、查理，还有小艾丽斯，你们猜老总督布拉德斯特里特在会议室里坐的椅子是哪把？你们信不信，就是祖父现在给你们讲故事坐的这把！”

“听到这个真高兴，太高兴了！”查理开心地欢呼，“我以为祖父已经忘记讲椅子了呢。”

“这位老总督坐在他的位子上，花白的胡子一直垂到了胸前，看起来庄严而感人。在他的记忆中，甚至他成年时，这片半岛还是一片覆满森林的荒野，而如今已经成为人口众多的城镇。普罗维登斯以前也是一片荒野，而如今已经是繁荣的村子了。他的四周都是嘈杂的人群，那些人大多数就出生在这个他曾参与建立的国家里。那些人是一代人，而他是另一代人了。这位老人看着他们，发现到处都是新面孔，他肯定觉得现在他也应该走了，去那个他的同胞们已经先他而去的地方。”

“以前的总督都逝去了吗？”劳伦斯问。

“都逝去了，”祖父回答，“温思罗普40年前死了。恩迪科特，这个非常老的老人是1665年死的。查理二世刚开始统治时，范恩爵士就在伦敦被砍头了，海恩斯、达德利、贝林厄姆，还有莱弗里特差不多都离世了。老布拉德斯特里特是那一代剩下的唯一代表。除了他，没人能把以前的政府体系和即将推行的新体系联系起来。清教徒时代结束了。”

“真遗憾。”劳伦斯说，“虽然他们很坚强，但我还是觉得他们身上有温暖和真实的一面。祖父，我觉得每一位老总督都应该在议会大厦里有一尊自己的雕像，用最坚硬的新英格兰花岗岩雕刻。”

“劳伦斯，你想得很好，”祖父说，“但可能泥土或其他会坏掉的材料，更符合他们的继承者的意愿。我们还是说回椅子吧。从 1689 年 4 月到 1692 年 5 月，这把椅子都归布拉德斯特里特总督所有。后来，威廉·菲普斯爵士带着威廉国王的新宪章来到了波士顿，成了总督。”

登陆波士顿的政府特派员

第十章　爱冒险的船匠总督

“椅子怎么样了？”克拉拉问。

“因为长时间的使用，”祖父说，“椅子现在看起来有些磨损，没那么华丽了，人们觉得它已经不适合再留在马萨诸塞的议会室里了，于是就像扔一块无用的木头一样，把它扔了出去。但威廉·菲普斯爵士恰巧看到了它，又很喜欢它，决定把它带回自己的府邸，并用自己的手——一双总督的手，亲自修复了那个有些损坏的扶手。”

“哇，祖父，就是这个扶手！”查理惊讶地插话，“是威廉·菲普斯爵士亲手安上这些螺丝钉的吗？他肯定做得很漂亮！可是一个总督怎么会修椅子呢？”

“我跟你们说说威廉·菲普斯爵士早期的生活，”祖父说，“然后你们就知道他的手非常灵巧。”

于是祖父就讲起了威廉·菲普斯爵士精彩而真实的故事。

孩子们，你们想象一下，在一间精致的老式房间里，一头放着敞开的大橱柜，里面放着一个漂亮的金杯，此外还有一些金制品和银块；房间的另一头有一面很高的穿衣镜，穿衣镜的正对面就是我们抛光抛得崭新的椅子，上面放着深红色的天鹅绒垫子，垫子上绣着金线。

椅子里坐着一个健康强壮的人，他的脸因为饱受北部风暴的洗礼而显得很粗糙，又被西印度灼热的阳光晒得乌黑；他的头上戴着一头浓密的假发，一直披到肩上；他的外套上绣着一大片金色的叶子，马甲上也绣着大片大片的金线图案；他的双手，因为经常使用斧子变得又红又粗糙，现在都被手腕处精致的蕾丝褶边盖住了。桌子上放着他的银柄剑，角落里放着他的金头手杖，这把手杖是用西印度木精心打磨而成的。

国王任命威廉·菲普斯爵士为马萨诸塞殖民地的总督后，他展现出来的就是这样一面。的确，为了能够与如此华丽的一个人相匹配，这把旧椅子需要上漆，也需要深红色的垫子来装饰。

但威廉·菲普斯爵士并不总是穿绣金的衣服，也不能总在祖父的椅子上安逸地坐着。他是穷人家的孩子，出生在缅因，从小到大都在那里给别人放羊，直到成年他还连读写都不会。后来他厌倦了放羊，就找了个船匠当学徒，主要工作就是砍下弯曲的橡树枝制作肘板①，就这样度过了大约四年的时间。

1673年，他22岁。这一年他来到了波士顿，并很快和一位寡妇结了婚，之后利用妻子的钱开始做生意。但是过了不久，

① 肘板：连接两个或两个以上相交构件的连接件，也是船体结构中数量最多的一种构件。——编辑注

他就赔光了，又成了穷人。但他并不气馁，他常跟妻子说，总有一天他会富甲一方，到那时他要在波士顿的绿道上建一座“漂亮的砖房”。

别瞎猜，孩子们，他没有问过算命先生。他之所以这么相信自己一定会好起来，是因为他具有企业家的能力和精神，以及勤奋向上的决心。

几年过去了，威廉·菲普斯爵士并没有像当初期待的那样成为富人。在这段时间里，他开始出海谋生。1684年，他无意中听到波拿马附近有一艘被遗弃的西班牙船，据说船上有很多金银财宝。于是，菲普斯乘着一艘小船就去了，希望自己能从那艘船的残骸上找到一些宝贝。然而这一次，他并没有打捞出足够的金银财宝，甚至无以支付他来回的航行费用。

在他动身回去之前，有人告诉他还有另一艘西班牙轮船，或者说是帆船，被遗弃在拉普拉塔河了，现在还躺在大概五十年前沉下去的地方。这艘旧帆船上载满了财宝，到目前为止，还没人试过到波涛汹涌的大海深处打捞它。尽管这只是个古老的故事，就连年龄最大的人也记不清有这么一艘沉船了，威廉·菲普斯还是决定要让那些沉在水底的珍宝重见光明。

他去了伦敦，请求詹姆斯国王的批准——那时候詹姆斯国王还没被驱逐。他向国王汇报了藏在海底的财富。詹姆斯国王认真地听着，认为这是补充自己金库的好机会。于是，他任命威廉·菲普斯为船长，给他准备了一艘叫作“阿尔及尔的玫瑰”

号的船，并给他配备了18条枪和95个劳动力供他驱使。现在他是英国海军的菲普斯船长了。

菲普斯船长乘着“阿尔及尔的玫瑰”号从英国出发了，为了找到那艘西班牙沉船，他沿着西印度航线巡回了近两年。但海洋如此辽阔深远，要找到一艘沉船的确切位置实在很难，成功的机会看起来很渺茫，很多人都觉得菲普斯船长现在还不如放羊时更有希望建一座“漂亮的砖房”。

“阿尔及尔的玫瑰”号上的水手们开始气馁了，几乎对找到沉船改变命运这件事不抱任何希望了。他们想逼迫菲普斯船长一起做海盗。他们觉得从航行在海上的船只抢夺财富，比寻找沉在海底50年的残骸容易得多。他们公开发起了兵变，但最后还是被菲普斯船长控制了，他们只得听从他的命令。

带着这样一群暴动的水手继续在海上航行，是一件危险的事，而且，“阿尔及尔的玫瑰”号已经漏水，不再适合海上航行了。因此，菲普斯船长觉得最好还是先返回英国。

离开西印度前，他遇到了一位西班牙老人。这位老人记得那艘沉船的位置，并告诉他如何找到那个地方——就在离拉普拉塔河几海里的一处岩石礁上。

因此，回到英国后，他请求国王再给他一艘船，他要继续去西印度寻找沉船。詹姆斯国王本以为“阿尔及尔的玫瑰”号会载着珍宝回来，现在却一无所获，所以他拒绝了菲普斯，不愿意再参与这件事。如果没有阿尔伯马尔公爵和其他贵族出手相救，菲普斯可能永远也不能再去寻找沉船了。这些贵族们给他装备了一艘轮船，要菲普斯船长全权负责。于是菲普斯离开英国，顺利到达了拉普拉塔河。在那里，菲普斯船长拿起斧头，和他带来的那些人一起建造了一艘大船。

阿尔伯马尔公爵

之所以要建造这艘大船，是因为大船更容易靠近那堆岩石礁。大船完成后，菲普斯船长命令几个人前去检查沉船是否在那位老人所说的那个地方。他们还带了几个印第安人一起去，这几个印第安人都是很有经验的潜水员，能顺利地深入海底。

船队成员直奔岩石礁，绕着它一遍一遍地航行。那里的海水非常清澈，好像能一眼看到海底的金银财宝——如果真有的话。他们使劲盯着水下，但是除了岩石缝里长出的一些海藻，其余什么都没有。海藻随着海浪的起伏而前后晃动着，明亮又美丽，就好像它的叶子是金子做的一样。

“我们绝不空手而回！”一个英国水手喊道，然后他跟一个印第安潜水员说，“潜下去，把那棵漂亮的海藻拿给我，那就是我们找到的宝贝。”

那个潜水员下去了，很快就冒出海面，手里拿着海藻，不过他还在海底发现了一些其他东西。

“那里有一些船炮，”他说道，然后歇了口气，继续说道，“岩石上有些加农炮，就在海藻附近。”

他一说出来，英国水手就知道他们找对了地方。这正是很多年前那艘西班牙船沉没的地方。其他印第安潜水员立即都下水去了，在岩石和加农炮周围摸索。过了一会儿，一个潜水员冒出水面，怀里抱着一大块银子，只这一块银子就值一千美元。水手们把银子拿进了船，尽快返回，急着把这些发现告诉菲普斯船长。

尽管之前菲普斯船长相信一定能找到沉船，而现在真的找到了，他反而有点儿不敢相信。直到水手们给他看了那块银子，他才相信。

“谢天谢地！”船长大叫起来，“我们大家都要成有钱人了。”

船长和全体船员一起开始动手，用铁耙子、大钩子和绳子捞取水底的金银财宝。捞出来的财宝可真多！现在他们对着一桌的银块，这些曾经都是某位西班牙贵族的。他们找到了一个圣杯，这应该是上天送给某座基督教堂的礼物。他们还捞到了一个金杯，这应该是西班牙国王用来喝酒的，可能它那已经不在人世的前主人也用这个珍贵的杯子喝过酒。现在他们的耙子和钓鱼绳上都是银块。这些财宝里还有些珍贵的宝石，闪烁着耀眼的光芒，它们的光芒是怎么被掩盖的还真是令人费解。

一想到跟大海抢夺这些财宝，就让人有些难过，毕竟这些财宝已经在海底沉睡了那么久，感觉好像人类无权利用这些财宝来发家致富，而理应让这些财宝依然沉睡于海底，陪伴那些逝去的西班牙人的残骨才对。这些西班牙人随着沉船死亡，现在他们的骨头就散落在这些财宝中。

但菲普斯船长他们并没有为这样的事情烦心。一两天后，他们发现了沉船的另一部分，那里有很多成袋的银币，不过没有人能猜出这居然是钱袋。在盐水里待这么久，它们的外壳就像一层岩石，要用锤子和斧子才能劈开。劈开后，里面的银币就哗哗地流到了甲板上。

这些打捞上来的宝物，包括金条、银块、宝石等，这些宝物加起来至少值两百万美元。这么一大笔财富，甚至看一眼都有危险。一个帮着菲普斯船长打捞的水手，一看到这些财宝就疯了。两年后他死的时候，还一直念叨着藏在海底的财宝。对于这种人来说，把这些财宝留在海底、留给沉船里的西班牙人会更好。

菲普斯船长和他的船员们继续打捞金条、银块和钱币，海底还有很多。但他们的供应品越来越少，连米达斯[1]都不能以金

---

① 米达斯：传说中的佛律癸亚国王，他贪恋财富，能点物成金。——译者注

银充饥，他们自然也不能，因此他们不得不寻找食物。菲普斯船长决定返回英国。1687 年，他抵达了英国，并受到了为他装备轮船的阿尔伯马尔公爵和其他贵族的隆重欢迎。他们当然高兴，因为他们把打捞上来的大部分财宝都拿走了。

菲普斯船长得到的那一份财宝足以使他舒适地过完一生。这也让他实现了曾经对妻子的许诺：在波士顿的绿道上建一座“漂亮的砖房”。阿尔伯马尔公爵送了菲普斯夫人一个漂亮的金杯，这只金杯至少值五千美元。在离开伦敦前，菲普斯船长被詹姆斯国王封为骑士，所以回到波士顿后，那儿的居民都把他看作富有的菲普斯爵士，而不是以前那个普通的船匠。

第十一章　椅子的主人们

“菲普斯爵士，”祖父说，“特别喜欢冒险活动，所以难以安分地享受自己的财富。1690 年，他参加了对抗法属美洲殖民地的战争，攻克了整个阿卡迪亚，带着大量的战利品回到了波士顿。”

“哇，祖父，他是坐过这把椅子的最厉害的人！”查理叫道。

“劳伦斯肯定不这么想。”祖父微笑着说，“同年，菲普斯爵士还带兵攻打魁北克，但没有成功。1692 年，在伦敦，国王威廉三世任命他为马萨诸塞殖民地的总督。现在，亲爱的孩子们，了解了菲普斯爵士的冒险生涯以后，你们就知道他是如何舒服地坐在这把椅子里的了。关于他的故事，我们就说到这里了。希望他在管理人民的时候，也像放羊的时候一样开心。”

查理的想象力已经完全被菲普斯爵士的冒险活动占据了，他很想知道菲普斯爵士在做总督时是如何管理人民的。但是祖父现在决定不再讲述他的事情了。

“或许有一天，我会继续讲述关于椅子的冒险故事，”他说，“但是从那时候起关于椅子的故事就没那么清楚了。我得去查一些老书和手稿，才能继续讲下去。另外，现在也是暂停的好时候，因为菲普斯爵士从英国带来的那些东西帮助波士顿开启了一个重要的新纪元。”

“真的，祖父，”劳伦斯说，“这把椅子恐怕是世界上最杰出的椅子了。不说到那些和咱们国家有关的伟大的人物和事件，都说不清它的历史。”

“是的，劳伦斯，”祖父笑着说，“我们应该写一本书，标题：我的时代记忆，作者：祖父的椅子。”

“那肯定很棒！”劳伦斯拍着手叫道。

“不过，”祖父继续说，“如果其他的椅子也有记忆并且有手能写故事的话，也一定能记录下比我所讲述的还要奇怪的故事。一代一代过去了，椅子却一直站在人类中间，并且是人与人之间所发生的各种秘密事件的见证者。壁炉边的椅子或许最能读懂人心。至于外面的事情，悲伤和快乐会轮番上演。有时我们会看到，快乐的脸庞闪烁着幸福的光芒，那个人就那样愉快地坐在旧椅子上，温暖的火光照亮了整个房间。但很快，我们还没反应过来，一袭黑衣的悲伤就取代了快乐的位置，但它不会持续很久。再好的想象力都难以想象出一把家用椅子有那样丰富的经历。”

“一想到这里，我的呼吸都加快了，心也绷紧了。”劳伦斯说，“是的，家用椅子的经历肯定比国家椅子的历史还深远。”

“哦，是的！”克拉拉叫道，表达着一个女性对讨论中的问题的感受，“国家的历史，没有家庭历史那么有趣。”

“但是国家的历史更容易讲述，”祖父说，“因此，如果我们要继续讲椅子的故事，我还是会讲它和公共事件有关的那部分。”

和善的老祖父站起来走出了房间，孩子们还在打量着椅子。劳伦斯对过去的那些概念认识得那么生动，就算这把椅子以前的主人们在离开了这么长时间后又坐回来，他也不会觉得奇怪。

首先，那位温和可爱的阿贝拉小姐会先坐进来，而且由于身体柔弱她会深深地缩进椅子里。然后是罗杰·威廉姆斯，戴着他的斗篷和假领，带着他的渴望、活力及仁慈。接下来是安妮·哈钦森夫人，她的神情还是和给妇女们开会时一样。然后是肤色黝黑但聪明睿智的范恩，“虽然年龄小，但心智却很成熟”。接下来就是那些继位的总督们，温思罗普、达德利、贝林厄姆，以及恩迪科特。恩迪科特坐进来的时候，这把椅子已经是国家的椅子了。接下来是微胖而亲切的造币厂厂长，他坐的时间比较长。

然后是有些疯狂的玛丽·戴尔，这个遭受过迫害的妇女，穿着粗布衣服，脸色苍白，只在椅子上坐了一小会儿。接着是神圣的使徒艾略特，他的到来让椅子也变得神圣起来。然后是庄严的白胡子布拉德斯特里特，他是移居的清教徒一代的代表。最后，在绣着金线的深红色垫子上，坐着威廉·菲普斯爵士，他穿着紫色和金色的华服。

可所有这些，以及曾经站在椅子身边的其他历史人物，不管是真人还是影子，都随着时间的洪流远去了。但是椅子还在，上面的林肯徽章还在，雕刻的花和叶子还在，上面那个凶猛的狮子头还在，很明显，这些都还像它第一次被放进林肯伯爵的大厅时一样。而从那时以来，社会和国家却渐渐由于各种突如其来的震动发生了巨大的改变！

“当国王的王权被推翻时，这把椅子稳固地挺立着。”劳伦斯想，“时间证明，椅子的橡木构架，比政府的构架要强大得多。”

这个喜欢思考和想象的男孩陷入了沉思，但一只大黄猫——孩子们都喜欢的大黄猫，从敞开的窗口跳了进来。看到祖父的椅子空着，想到以前常常舒适地卧在上面，这只猫在垫子上安静地躺了下来。劳伦斯、克拉拉、查理和小艾丽斯，想到最后坐在这把椅子上的是一只猫，都哈哈笑了起来。

“咪咪，”小艾丽斯边说边朝大黄猫伸出手，大黄猫将一只毛茸茸的爪子放进小艾丽斯的手中，“你看起来很睿智呢，给我们讲一讲祖父的椅子的故事吧！”

第二卷
著名的老人

第一章　亲爱的旧椅子

“哦，祖父，亲爱的祖父，”小艾丽斯叫道，“请给我们讲讲椅子的故事吧！”

孩子们已经有好长时间没有问过椅子的故事了。夏天已经过去，秋天也快要结束了。阴沉寒冷的十一月在窗外呼号着，不时来一场冬雨——有时是一场大雪，像石子敲打在窗户上，发出“哒哒”的声音，天可真冷啊。

天气开始变得越来越冷，祖父的椅子已经从夏日的走廊移到了一个较小而舒适的房间。现在椅子就放在明亮而闪耀的炉火边。比起无烟煤，或什么都看不见的闷热的火炉（这种火炉好像觉得只要房间热了，自己的任务就完成了似的），祖父更喜欢烧木柴。木柴火温和、快乐、友善，充满同情心，并且明白创造温暖只是它众多功能中的一个。它在壁炉里跳舞，笑声传遍了房间，它做着各种滑稽动作，让围坐在它身边的人脸上都泛着快乐的光芒。

傍晚时分，炉火更加明亮欢快了。它的温暖和舒适，让已到暮年的祖父内心深处感受到了极大的鼓舞。他曾经专注地盯着炉火的余烬，好像他的过去都在那儿展示出一张张的影片，又好像那里有未来的图景，直到小艾丽斯的声音惊醒了他。

“亲爱的祖父，”小艾丽斯又重复了一遍，渴望之情也更浓了，“请再讲一些椅子的故事吧。”

在过去的两三个月里，劳伦斯、克拉拉、查理和小艾丽斯都被别的事情吸引了注意力。他们的生活愉快自在，充满光明，一时忘记了过去的惨淡时光，而祖父的椅子就静静地站立在过去的时光里。但现在，在这秋天的傍晚，透过摇曳而闪烁的炉火，他们看到了那把旧椅子，并且觉得它从没像现在这样有趣。它已经威严庄重地站立了两百多年。火光掠过椅背上雕刻的花和叶，上面的狮子头——看起来下巴好像是在动，鬃毛似乎也在摇摆着。

“小艾丽斯是代表你们所有人发言的吗？”祖父问，“你们想继续听我说椅子的故事？”

“哦，是的，是的，祖父！”克拉拉说，“说说这把亲爱的旧椅子吧！真奇怪，我们竟然这么久没有想起它了。”

“请说吧，祖父。”劳伦斯说，“我觉得最好在傍晚讲过去的故事。比起明亮的白天，在这微微的黑暗中，那些曾经坐过这把椅子的名人更有可能出现，我们更有可能看到他们。面对炽热的余烬和淡淡的余晖，我们的想象更生动，可以描绘出你所告诉我们的一切。”

我们的朋友查理也觉得傍晚是听祖父讲故事的最好时间，因为这时候他不能在外面玩。看到小听众们都想听椅子的故事，这位善良的老绅士又接着上次结束的地方讲了起来。

第二章　巫术事件

“亲爱的孩子们，你们还记得，”祖父说，“上次我们说到1692年，那时候椅子还属于威廉·菲普斯爵士。这个幸运的寻宝人，后来带着国王的任命，从英国来到马萨诸塞殖民地做总督。那时候的马萨诸塞包括普利茅斯的老殖民地，以及缅因和新斯科舍地区。威廉·菲普斯爵士和其他受命进行统治的人一样，带着英王的新宪章来了。宪章的作用和宪法差不多，爵士将以此进行他的统治。”

“新宪章的规定有没有剥夺人们之前拥有的自由？”劳伦斯问。

“没有。”祖父回答，“第一个宪章规定，人民是一切力量之源。温思罗普、恩迪科特、布拉德斯特里特还有其他人，都是人民选举的总督，没有经过国王的干涉。但今后，总督职位的获得只能听凭国王的任命，秉承国王的意愿。副总督和其他高官的任选也是一样。但是人民仍然可以选举代表，总督的议会则由常设法院选举。”

“如果居民能自由选择，他们会选威廉·菲普斯爵士吗？”

劳伦斯问。

“他很可能是一位成功的候选人，”祖父回答，“因为他的冒险活动和军旅生涯为他赢得了不少名气，这总是能吸引人们。他还有很多讨人喜欢的性格特点，比如心地善良，比如既不为自己的出身自卑，也不为自己的现状自傲。可他到任后不久，有一次却因没有认出父亲的朋友而感到羞愧。”

“这件事是在哪里发生的呢？”查理问。

“他在自家的砖房里举办了一场盛大的庆典，”祖父说，“并邀请了波士顿所有的船匠前去。在桌子的首位，威廉·菲普斯爵士坐在这把大椅子里，就像对待自家兄弟一样对待这些人，和他们开玩笑，亲切地回忆以前的事。我不知道他是不是穿了绣花的衣服，但我更愿意想象他穿着一身粗布衣服，就像他做船匠时穿的工作服那样。”

“贵族不需要为这种事感到羞耻，”劳伦斯说，“凯撒也曾做过学徒。”

“威廉·菲普斯爵士做总督也和做船匠一样好吗？”查理问。

“历史上没有过多提及他做船匠时有哪些长处。”祖父说，“但做总督时，有人找出了他很多错误。几乎一上任，他就被卷进了一起非常可怕的事件中，这起事件就连比他更有学识、更聪明的人也未必能应付得来。这就是巫术事件。”

关于这件悲惨的事，祖父说了一些他觉得孩子们可以听的事情的细节。当听到导致许多无辜生命死亡的疯狂事件，竟源于几个孩子的恶作剧时，他们感到不寒而栗。这几个孩子是塞勒姆的牧师帕里斯先生家的。这几个孩子抱怨说不管白天黑夜，他们都感到针扎般的刺痛和难受，或者感到被男人和女人的影子拷打、折磨，而他们却看不见这些总是纠缠他们的影子。这些孩子经常在家人和朋友面前假装突然惊厥，然后哭喊着有女巫在折磨他们。

这些事情到处流传，引起了巨大的骚动和恐慌。从新英格兰建立之初，那里的居民就习惯不管遇到什么困惑和难题都找牧师寻求建议。现在他们也这样做了，可不幸的是，这些牧师和智者们，比那些没有文化的人受到的迷惑还要大。一位叫卡顿·马特尔的神职人员，一直以博学而闻名，现在却相信国内到处都有巫师，国家和人民都已经被魔鬼所控制。

没有人知道，自己的近邻或密友是否因为这种想象出的罪恶而感到内疚，但假装受到巫术侵扰的人与日俱增，于是他们把矛头指向了很多善良而优秀的人。在那些被控告的人中有一位叫乔治·伯勒斯的牧师，1692 年时，他和其他 19 位无辜的男女都被处死。处死地是在塞勒姆城郊的一座高山上。当这些人站在绞刑架下受死时，那些“受害者”才“恢复”了找到自己的家的能力。

但这些无辜之人的牺牲好像只是助长了人们的疯狂，那些自称受到巫术折磨的人现在更肆无忌惮地指责别人了。很多有钱、有地位的人都被投进了监狱或为了生存而被迫逃亡。最后一位清教徒总督——老西蒙·布拉德斯特里特的两个儿子也被牵涉其中。波士顿虔诚的牧师威拉德先生，在公开法庭里被大声指责为巫师。贝弗利牧师的妻子哈勒夫人，也受到同样的指责。塞勒姆的富商菲利普·英格利希不得不赶快逃走，留下自己的财产和生意乱作一团。但没过多久，塞勒姆的人民又高兴地邀请他回来。

“指控者做过最大胆的事，”祖父说，“是指责总督最爱的妻子。是的，威廉·菲普斯爵士夫人被指责为女巫，人们说她飞着去参加女巫会议。总督听到这样的言论时肯定发抖了，因为

巫术事件

这把椅子摇晃了起来。”

“亲爱的祖父，”小艾丽斯紧紧贴着祖父的膝盖叫道，“巫师真的会在夜里来吓唬小孩吗？”

“不，不会的，亲爱的小艾丽斯，”祖父回答道，“世界上没有巫师，就算真的有，他们也不敢出现在一个心地纯洁的孩子面前。而且我们的先辈们也很快意识到他们犯了一个可怕的错误。之后，所有被指责为巫师的罪犯都被释放了，可那些无辜死去的人却无法复活了。处决他们的那座山也将会永远记得我们历史上这最悲惨、最耻辱的一页。”

接着，祖父又说了另一件不平凡的事。1693 年，一艘英国军舰登陆了波士顿，那时候威廉·菲普斯还是总督。这艘军舰带来了一支意欲攻克加拿大的军队。但在这些士兵中间，爆发了一种比天花还致命的恶性传染病，大部分士兵都被感染了。这种传染病迅速波及了整个波士顿，对波士顿造成了严重破坏。这种可怕的疾病让总督威廉·菲普斯和英军指挥官弗朗西斯·惠勒彻底放弃了攻打加拿大的计划。

“这之后不久，”祖父说，“威廉·菲普斯爵士和一艘英国巡防舰的舰长吵了一架，又和波士顿的收税员闹了矛盾。暴脾气的威廉·菲普斯将他们好好揍了一顿。”

“他是个大胆的家伙，”查理说，“他也有点儿喜欢用这种方式处理矛盾。”

“是够大胆，却不够智慧。”祖父回答道，“被打的人向国王告了一状，威廉·菲普斯爵士因此被召回伦敦为自己辩护。1695 年他遵召回到伦敦，却突然发起了高烧，之后他就死了。如果能活得再久一点儿，他很可能又去海底寻宝了。他已经听说有一艘哥伦布时代的西班牙沉船，这艘船是于 1502 年失事的。博瓦迪利亚、罗尔丹，还有另外一些西班牙人，连同他们从南美的国王们那里抢来的大量珍宝，都留在了这艘船上。”

“哇，祖父，”劳伦斯嚷道，“这位总督的主意真了不起啊。要把那些在海底埋藏了近两个世纪的宝藏挖出来，想想都激动。我觉得应该把威廉·菲普斯爵士葬在海底，这样他就能和他生平梦想的那些沉船和珍宝在一起了。”

“他被葬在了伦敦一处拥挤的墓地。”祖父说，“他没有孩子，所以房子就留给了他侄子，后来一直传给现在的诺曼的马奎斯，也就是爱尔兰总督。但高贵的马奎斯家族可能并不清楚，自己家族的财产是来源于新英格兰一位船匠一次成功的冒险。”

第三章　老式的学校

“威廉·菲普斯爵士死后，”祖父继续说，“我们的椅子被赠给了伊齐基尔·奇弗先生，他是波士顿有名的校长。这位老绅士是1637年从伦敦来的，来到波士顿后就一直在教书。那些跟他学过字母表的人，有些现在都是别人的祖父了，像我一样老。他留着长长的胡了，有一种庄严的气派。”

“这椅子是放在他学校的吗？”查理问。

“对，放在学校。”祖父回答道，“可以肯定地说，即使那些老总督坐在这把椅子上时，它受到的尊敬也没有现在这么多。查理，如果你能看到那位著名的校长坐在这把椅子上，你也会对这把椅子生出敬意的。”

祖父想给他的小听众们讲一讲百年前的学校是什么样的。我们的读者很可能也对这个问题感兴趣，所以我会专门来介绍一下老式的学校。

孩子们，想象你们在伊齐基尔·奇弗先生的课堂上，这是一间宽敞而昏暗的教室，地上铺着打磨过的地板。整个教室通过窗户采光，窗户用铰链[①]接合，上面的玻璃窗格呈钻石形状。学生们坐在长凳上，前面放着桌子。教室的一头有一个巨大的壁炉，壁炉的每个出烟口都能站三四个男孩。这是很好的老式壁炉，那时候森林能为人们提供足够的木材取暖，人们还不用挖到地球深处采煤。

冬天时，人们把大块的木材滚进壁炉，明亮的火焰从烟囱直往外冒。每隔一会儿，烟囱里就会冒出大团的浓烟，这股烟云慢慢飘过每个学生的头顶，最后都落到了墙壁和天花板上——它们经过多年的烟熏火燎已经变成了黑色。

再看看我们这把有着古老历史的椅子！它被放置在教室里最舒适的地方，在那里它既能充分感受到壁炉里火焰的温暖，又不会觉得太热。这把旧椅子看上去那么庄严，就像它记得曾有过很多大人物坐在自己身上，而现在这位校长，比那些人更伟大。你看那位威严的老校长，头上戴着黑色的无檐便帽，雪白的胡子直垂到腰间，真像一位古老的清教徒。奇弗校长戴着眼镜坐在那儿监督学生时，哪个孩子敢偷玩？或者交头接耳，甚至把眼睛瞟一眼书外的地方？对于不守规矩的学生，等待他们的将是挂在墙壁上的桦树条，还有讲桌上那把厚厚的戒尺。

现在已经开学了。学生们抱怨着各种各样的作业，教室里

① 铰链：用来连接机器、车辆、门窗、器物的两个部分的装置或零件，所连接的两部分或其中的一部分能绕着铰链的轴转动。——编辑注

一片嘈杂，就像大风扫过橡树，树叶哗啦啦作响。就在这样的声音中，奇弗先生度过了六十多年。他早已习惯这些声音，并且觉得这些声音就像阳光下辛勤采蜜的蜜蜂发出的嗡嗡声一样悦耳。

一个上拉丁语的班级被叫上来背诵[①]。一队怪模怪样的小家伙走了过来，他们穿着无边外套和紧身半长裤，膝盖上扣着纽扣，看上去就像一个个小老头。这些小家伙是要被送往剑桥继续深造的。奇弗校长活了这么久，眼看着很多小学生长大成人，现在他几乎能预言谁以后会成为什么样的人。这个淘气鬼以后会成为医生，和药片药水打交道，在药草的芬芳中，严肃认真地走完一生。另一个学生会在酒吧跟人争吵，一路打拼，挣到自己的财富和荣誉，等到老去时，他将会成为王宫里值得纪念的一员。第三个学生，是校长最喜欢的，会成为那些已经逝去的清教徒牧师的优秀接班人，他会认真而有效地做弥撒，并为后代留下成卷的打印祷文和手稿。

但他们现在还只是学生，他们的任务是分析拉丁文。他花了那么多时间修改的诗文，还是被一代又一代懒惰的学生们记错了，理解错了，翻译错了。好，坐在那里，你们这些拉丁语班的学生们，恐怕你们中的两三个注定要尝一尝校长的戒尺了。

---

① 按以前西方的教学传统，不同年级和学科的学生是在同一个教室进行学习的。本句的意思是学习拉丁语的学生现在被老师叫过来检查背诵内容。——译者注

接下来要考查的是数学班的学生。这些孩子以后要成为商人、店主和机修工。虽然到目前为止，他们只用过大理石和苹果进行交易。但以后，他们中的有些人会派船到英国去买绒面呢布料以及其他各种各样的商品，再派船到西印度去买糖、朗姆酒和咖啡。其他人则会站在柜台后，丈量着胶带、丝带和麻纱的长度。还有一些人或许会举起铁匠的锤子，或开着飞机飞过木匠做的长凳，或放好鞋匠的垫石，拿着锥子学做鞋。更多的人会去做水手，最后成为勇敢坚强的船长。

总的来说，这个班的学生，一定会以自己积极而灵活的双手、睿智清醒的头脑（如果没有这样的头脑，我们的生活将会因为勤奋刻苦却充满幻想而被搅得一片狼藉）服务世界。因此，奇弗先生要教他们乘法表，必要的时候也要惩罚他们，因为国家的利益就依靠他们了。

但是当我们还在想其他事情时，奇弗先生发现两个学生在偷玩。现在我们要看到可怕的一幕了。那两个调皮蛋被叫到了校长面前。校长的眉目间流露出法官的庄严——我们的椅子现在是法官的椅子了。唉，奇弗先生拿下了那根可怕的桦树条。审判很简短，判决很快就下达了，现在法官要亲自执行判决。“啪，啪，啪！”过去校长就是这样执行惩罚的，很有效。

看！桦树条被打断了好几枝，几乎不能再用了。天哪，那些孩子叫得多惨哪。虽然这事发生在一百五十多年前，我还是觉得自己的耳朵都要被他们的叫声震聋了。现在回到自己的座位上去，调皮鬼们。不要哭，可爱的小艾丽斯，他们从此以后再没感受到那种疼痛了。

上午就这样过去了。现在是 12 点。校长看了看自己的大银表，又坐在那儿想了一会儿，然后把戒尺收进讲桌里。孩子们都在等解散的命令，几乎等得不耐烦了。

“解散！”奇弗校长说。

孩子们一个个屏气凝神，轻轻往外走。但是一出教室，他们就开心地欢呼了起来！瞧，一个个蹦得多高。他们的喧闹声中，含有多少恢复自由的喜悦。现在谁还担心戒尺和桦树条呢？孩子们生来就是学拉丁语和算术的吗？当然不是，他们能够做得更好的事情是玩耍，是跳，是跑，是叫，是滑冰，是打雪仗。

快乐的孩子们！开心地玩耍吧！明天再想学习的事，再去感受桦树条和戒尺吧。今天周四了。从马萨诸塞州建立以来，周四下午都没有课。所以，孩子们，尽情去玩吧，因为明天会有桦树条和戒尺，而后天也会有后天的麻烦事。

校长把一切安排好，准备回家吃晚饭了，但他走得有点儿勉强。这个老人在这烟熏火燎、吵吵嚷嚷的教室里待得太久，一遇到假期，反而觉得好像失去了自己的领地，感觉这个世界很陌生。但他还是走了，只留下我们的椅子，空空如也，孤零零地站在那里，直到明天早上奇弗先生再次坐进来。

“祖父，”查理问，“那些学生，有没有趁校长不在时打翻椅子？”

“那儿有个传说，”祖父回答，“说打翻椅子的人胳膊会脱臼。不过我觉得没有学生会淘气成这样。”

因为现在已经过了小艾丽斯上床睡觉的时间，祖父就不再讲了，并答应大家以后会继续讲奇弗校长和他的学生的事。

第四章　最博学的人

于是，第二天傍晚，祖父又继续讲他心爱的椅子的故事了。

“奇弗校长于1707年逝世，”他说，“他教了大约七十年的书。恐怕只有数学很好的人，才能算出这段时间里他怀着父亲的关爱，打了学生多少鞭子，用坏了多少桦树条。那个时期，以及之前的时期，几乎所有的大人物，都是在奇弗校长的鞭打下成长起来的。更重要的是，他写了一部拉丁语入门书，在他去世后，学校还一直使用这本书达半个多世纪之久。所以说，这位善良的老人，即使已经离世，也依然会给那些懒惰的学生招来麻烦和抽打。”

祖父又说，奇弗校长在弥留之际将椅子留传给了一个最博学的人，这个人曾在他的学校学习，或者说，这是个在美洲出生的人。他就是有名的卡顿·马特尔——波士顿老北教堂的牧师。

“他也是《玛格诺拉》的作者，祖父，我们有几次看到您在看。”劳伦斯说。

“对，劳伦斯。”祖父回答，“《玛格诺拉》是一本学究式历

卡顿·马特尔

史书，在那本书里，读者所看到的真实历史事件和人物，都被涂上了马特尔的个人色彩。不过在我们的椅子属于马特尔之前，这个大部头就已经写完并出版了。马特尔后来又写了很多书，这些书比一年的天数还要多。我们可以由此推断，他的大多数作品就是他坐在这把椅子上完成的。”

“我不想听这些校长和博学之士的故事了，”查理说，“我想听像威廉·菲普斯爵士那样传奇的人的故事。我希望像他那样有所作为、震撼人心的人坐过这把椅子。”

“这样的人很少有时间能安静地坐在椅子上，”祖父说，“我们要尽可能让这些人多做些事。”

因为卡顿·马特尔是个非常杰出的人，祖父颇费了一番力气，才给孩子们讲清楚他的性格。他书房的门上写着两个字：

简洁。这是对来客的提醒，提醒来客如无必要，不要打扰这个大人物伟大的工作，否则这会给世界造成损失。一进入房间，你就会发现那里很拥挤，到处都是成堆的、散落的书。对开的、四开的、小小的12开的，英语的、拉丁语的、希腊语的、希伯来语的、古巴比伦语的，以及其他所有自巴别塔①后产生或自那时开始使用的各种语言。

所有这些书都乱七八糟地放着，这也表明了它们的内容在卡顿·马特尔的脑子里的存在形式——混乱。房间中间有一张桌子，上面除了各种卷本，还有很多手写的祷文、历史记录和政治册子，所有的文本都是以一种奇特、模糊、潦草且古怪的字体写成的，书法家如果看到这样的字体肯定就要疯了。祖父的椅子就放在这张桌子旁，营造出一种博学的氛围，就好像这把椅子的椅垫是用拉丁语、希腊语、希伯来语或其他难学的东西填充的一样。

大书虫卡顿·马特尔一年到头就坐在这把椅子上，要么是在如饥似渴地阅读一卷大部头，要么就是在写一部同样篇幅的作品。在祖父年轻的时候，波士顿博物馆有一尊卡顿·马特尔的蜡像。这尊蜡像描绘出一个穿一身牧师的黑长袍、面色黝黑

---

① 巴别塔，或称巴贝塔、巴比伦塔、通天塔。《圣经·旧约·创世记》第11章宣称，当时人类联合起来，希望能兴建通往天堂的高塔；为了阻止人类的计划，上帝让人类说不同的语言，使人类相互之间不能沟通，计划因此失败，人类自此各奔东西。——译者注

的孤独身影，在他的面前还放着一部写满黑字的书卷。

“孩子们，”祖父说，“我很难跟你们说明白卡顿·马特尔的性格。他既有很多优点，也有很多不足。他是一个非常虔诚的人，常常节食。[①]有一次，他整整三天没吃一口饭，这三天他一直在祈祷，做宗教冥想。他经常这样彻夜不眠地祈祷。这种节食和睡眠不足，令他虚弱憔悴，令他看起来就像不属于这个世界了一样。”

“他对那起巫术事件负有责任吗？”劳伦斯问。

“他是那场悲剧的主因，”祖父回答道，“但我们知道他只是根据自己的良心办事。他觉得世界上到处都有黑暗使者，甚至就在他图书馆的角落和缝隙里。他甚至觉得，每当他在夜里翻书时，它们就从一页页书里偷偷往外看。他坚信不管白天黑夜，这些坏家伙无处不在，它们还会藏在人的心里，偷走人心最深处的秘密。”

说到这里时，小艾丽斯打断了祖父，她趴在祖父的膝盖上，念叨着希望祖父不要再讲卡顿·马特尔和这些黑暗使者了。但祖父亲了亲她，然后告诉她，她能遇到的，只会是天使，不会是黑暗使者。之后祖父讲了那个时期的公共事务。

1702 年，英国和法国之间爆发了战争，此后战争一直在持续。在这段时期，法国人和印第安人都严重伤害了新英格兰人。

① 有些宗教要求信徒节食，以示虔诚。——译者注

印第安人常常穿过加拿大的丛林，骚扰边界的城镇。有时候，人们去一趟波士顿的工夫，村子就被烧毁了，村民也遭到屠戮。

新英格兰人非常憎恨法国人，不仅仅是因为法国人亲手造成了这些伤害，还因为法国人煽起了印第安人对新英格兰人的仇恨。

印第安战事

新英格兰人知道，如果不能制服法国，让法国服从英国政府的统治，那他们自己就永远不能安生。于是，在战争时期，他们频繁出兵阿卡迪亚和加拿大，有时也会被别人包围。他们最想攻克的是魁北克，然后拿下加拿大全境。威廉·菲普斯爵士曾试图这样做，但是没有取得成功。

魁北克

英国常派舰队和士兵前来援助殖民者的战争。1710 年，法国殖民地阿卡迪亚的罗亚尔港被英国人拿下了。第二年六月，英国海军上将沃克爵士抵达了波士顿海湾。这支舰队上还有英国将军希尔，以及参加过马博罗公爵佛兰德斯之战的七个团的士兵。马萨诸塞殖民地的政府被要求给这支舰队和士兵们提供军需，以及征集更多的人帮助攻打加拿大。

随征兵和演练而来的，还有大街上如同战争一般的喧嚣。一天到晚都能听到鼓声、横笛声、武器的咔嗒声，还有男孩子们的叫声。大概一个月后，舰队起航了，除了原来的英国士兵外，还载着新英格兰和纽约的四个军团。所有的士兵共计至少七千人。他们朝圣劳伦斯河的河口驶去。

“卡顿·马特尔极其热诚地祈祷他们得胜。”祖父说，“他不仅在布道时进行祈祷，独自在家中的书房时也会跪下来，把头埋进这把椅子，为他们祈祷。但上天却给出了相反的旨意。几周后，有消息传来说，有八九艘船在圣劳伦斯河里被毁坏了，上千名士兵被淹死了，尸体被冲到了圣劳伦斯河的岸边。这次不幸后，沃克爵士回到了英国。很多虔诚的人开始认为想要攻打加拿大是一种罪恶。”

“我绝不会像那样放弃的。”查理嚷嚷道。

“我马上就会讲到，他们也不想放弃。”祖父回答说，“但是，这场战争在 1713 年接近了尾声，他们也就没再继续尝试。新英格兰人多多少少为和平感到高兴。因为很多年轻人都被征兵入伍了，要等到年老才能回来，可那时候他们已经什么都做不了了。而留在家里的那些人，也被养护武器、弹药和要塞的苛捐杂税，以及其他没有止境的战争费用折磨得直不起腰。人们急切需要卡顿·马特尔的祈祷，需要所有虔诚的人的祈祷，不只是因为人们所遭受的苦难，还因为新英格兰人讲道德和虔诚的性格面临着消失的危险。”

“如果我们的先人，”劳伦斯说，“能让我们的土地未曾沾染过鲜血，这该多么荣耀啊。”

“是的，”祖父说，“但他们骨子里就好战。他们好像从来没想过战争是否符合道德以及是否虔诚。”

祖父接下来说了一件让卡顿·马特尔，以及其他很多新英格兰居民都满心高兴的事。1714年，安妮女王去世后，德国汉诺威的候选人继承了英国王位。之前，人们一直担心斯图亚特王室的男丁，也就是被砍头的查理一世和被流放的詹姆斯国王的后代会恢复王位。那样的话，斯图亚特家族作为罗马天主教成员，很可能会在英国所有的领地上推行他们自己的宗教。而汉诺威的候选人以及他的族人都是清教徒，这样一来，那些老清教徒的后代就可以放下内心的不安和恐惧了。

“这件事的重要性，”祖父说，“比我们现在的总统选举还胜过一千倍。如果人们不喜欢自己的总统，他们可以在四年后换掉他。但是一个王朝的国王，则有可能永远戴着那顶王冠。”

那个德意志人在他波士顿家里的阳台上被宣布为国王，成为乔治一世。人们大声喊着“阿门”，吹起喇叭庆祝。那天晚上，波士顿城彻夜未眠，卡顿·马特尔也抛开了书和笔，丢下了祖父的椅子，走到喜悦的人群中去了。

第五章　被拒绝的祝福

“卡顿·马特尔是达德利总督的死对头，”祖父说，“所以，1716年，那个狡诈的政客下台，由科洛内尔·舒特接手时，没有人比他更高兴了。新总督曾是著名的马博罗公爵军队里的军官，在佛兰德斯参加过几场有名的战役。”

“现在我希望，”查理说，“我们能听到他所做的那些大事。”

“查理，恐怕你要失望了，”祖父说，“与之前的战斗生涯相比，科洛内尔·舒特确实从未像现在统治大不列颠的一个省这样安静过。但他现在所有的麻烦，几乎都来自于与立法机构意见不合。国王命他拿一份固定的薪水，但人民代表坚持要每年给他一份他们觉得合适的薪水。”

祖父在这里说了一些情况，这可以解释那位殖民地总督的处境为何如此艰难，并且惹人厌烦。现在人们对总督的感情，已经不似自由选举时了。人们觉得既然总督是国王任命的，是符合国王的意愿的，那这位总督肯定也以取悦国王为第一目标。但人们觉得，一个总督应该以人民利益，而不是别的什么利益为重。

“总督，”祖父说，“要为两个人服务：一个是国王，因为国王指命了他；另一个是人民，是人民付给他薪水。但是在这个位置上，很少有人能做到使两方都满意。尽管科洛内尔·舒特心地不坏、脾气好，但他还是得不到人们的欢心。1722 年，他突然回了英国，还向乔治国王抱怨了一通。同时副总督达默指挥着军队，和印第安人开始了一场持久而血腥的战争。”

“椅子呢？”克拉拉问。

“椅子还在卡顿·马特尔的书房里，”祖父回答道，“我要告诉你们一件和这位名人的荣誉紧密相关的事情。你们也应该听听，这样你们可以多了解一下天花对于我们的先人来说，是多么可怕的灾难。如果不说一说这件事，我们国家的历史，当然也是这把椅子的历史就是不完整的。”

接着，祖父就给孩子们讲了一个故事，我们给这个故事取名为“被拒绝的祝福”。

1721 年的一天，卡顿·马特尔正坐在书房里看一本书，这是一本由伦敦皇家学会出版的书。但他并没有一直专心致志地看，而是每隔一会儿就把书放下，身体向后靠在椅子里，脸上挂着深切的关心和焦虑之情。现在有两件事困扰着他，所以他无法集中精力看书。

现在的波士顿一片沉郁。那种可怕的疾病——天花，最近在城里出现了。自从第一批殖民者来此定居以来，这种可怕的疾病总是不时来袭，每次都带走很多人的生命。每次只要它一出现，就没有任何事物能阻挡它的脚步，除非已经没有人可以被感染。由于它的淫威，常常有数百人同时躺在病床上呻吟；等它离去后，人们还能从无数的坟墓中看到它令人恐惧的踪影。

对于这种疾病，人们从不敢掉以轻心。但有时，可能是一个可怜的水手，在国外某个地方得了这个病，回来后死掉了，还害死很多人。有时，可能是随着傲慢的政府官员一起乘坐火车从英国来到这里。也可能，这种疾病藏在了运货的轮船里，在成堆的丝绸和锦缎里，在那些为富人进口的昂贵衣料里。但有时，没有人知道它从哪里来，好像它忽然就出现了。被请来照顾病人的医生，看一眼后就说："是天花，把病人送到医院去。"

现在这种可怕的疾病又在波士顿出现了。卡顿·马特尔为人们忧惧不安。他也有孩子，孩子也有危险。就在这时，他听到了最小的儿子的声音，他的心被触动了。

"唉，我为这个可怜的孩子感到担心，"卡顿·马特尔自言自语，"我能为我的儿子萨缪尔做点儿什么呢？"

他拿起书，想以看书来驱走这些想法。但突然，他的注意力被吸引了。书里有一封打印的信，上面说的正是他现在焦急思考着的问题。他急切地看了一遍。看！有一种方法，可以彻底赶走天花。希腊人都知道这个方法。土耳其的医生，那些长胡子的东方圣人，在很久以前就知道这个方法。即使是在落后的非洲，人们也试过这种方法。

"是的，"卡顿·马特尔猛然醒悟，双手合十紧握，望着上空说道，“感谢上帝的仁慈，把这本书带到我面前。我会咨询医生，看这种奇妙的接种，能否阻止病魔的步伐。”

他从椅子上站起来，走出了书房。在门边，他看到了自己的儿子萨缪尔。萨缪尔看起来无精打采，他肯定听说了他的玩伴们得了天花的事。但他看到父亲情绪高昂地看着自己，他就有了勇气。他相信，像他父亲这样博学的牧师肯定能找到对付疾病的办法，或者上帝会听到父亲的祈祷，来保护他们。

卡顿·马特尔收拾了手头的东西，戴着三角帽，走上了大街。他要去拜访波士顿所有的医生。这些医生都是友善的智者，庞大的假发、一身黑衣、庄严的脸庞，这些使他们看起来比真实的自己还要深刻。他带着自己的新发现，一个个去拜访他们。

但这些严肃的聪明人几乎都不想听他说。城里最老的那位医生听完他的话后，说伽林和希波克拉底[①]都没提到过“接种”这样的方法，现代人更不可能比古时的圣人聪明，就算是给了他答复。第二个医生听了卡顿·马特尔疯狂的建议，惊恐地举着双手，半天无法动弹。第三个医生相当简明地告诉他，他听不懂卡顿·马特尔在说什么。第四个医生则以整个医生团体的名义问卡顿·马特尔：他可否只关注人们的灵魂，把人们的身体健康交给医生。

总之，在所有的医生中，只有一个医生愿意耐心听他讲

① 伽林和希波克拉底都是古代名医。——译者注

完——那就是扎布迪尔·博伊尔斯顿医生。他理性地看待这件事，发现接种确实拯救过很多人的生命，然后决定在自己家里进行实验。

他确实这样做了。但其他医生听说了这件事后，极其愤怒地对扎布迪尔·博伊尔斯顿医生和卡顿·马特尔进行口诛笔伐。听那些医生的语气，你会以为这两个善良而仁慈的人正在策划毁灭祖国。

人们也对他们产生了戒备。很多人——特别是那些觉得自己比周围的人更虔诚的人，他们认为，如果天意要他们死于天花，那么想要阻止天花就是罪恶的。各种流言到处传播。有人说博伊尔斯顿医生故意让人们一个个地感染痛风、风湿、头疼、哮喘及其他疾病，还有的人肯定地说卡顿·马特尔已经被魔鬼控制了，魔鬼才是这一切背后的主使。

孩子们，你们肯定看到了，与卡顿·马特尔同时代的人们，很容易对他所提的任何建议产生怀疑。他们还记得他是如何带他们卷进巫术事件的。如果他以前也像现在一样理智，就不会落得这样的名声和形象了。

对于他想要阻止天花的企图，人们越来越愤怒，以至于他都不能自由地上街了。无论何时，只要这位因禁食和不眠而瘦弱憔悴的老牧师一出现，周围就会响起一片嘘声，嘲笑声和责备声也会不断响起。妇女会把孩子从他所走的那条路上带走，免得“受到他的伤害”。然而，他还是温顺地低着头，或许还伸出手祝福那些辱骂他的人，然后继续往前走。但他的眼睛里却蓄满了泪水，为人们盲目地拒绝他为他们提供的安全方法而感到难过。

事实上，波士顿的街上已经有太多悲惨的景象，足以令每一个富有同情心的人伤心落泪。几乎每家门后都飘着一面红旗——这意味着天花已经踏进了这个家庭，攻击了某个家人，或者攻击了整个家庭。一家人不分老小，都在和疾病抗争着。亲朋好友在街上相遇时，几乎连手也不敢握一下，有时寒暄的话也不说一句，唯恐会被传染，旁边还常常会有抬着棺材的人匆匆而过。

“唉，”卡顿·马特尔自言自语，“能为这些可怜却误入歧途的人们做些什么呢？但愿老天能让他们睁开眼辨别好坏。”

而人们却如此愤怒，他们威胁任何胆敢尝试接种的人。即使是在自己家里尝试，人们都有可能遭到报复。这种情况对卡顿·马特尔来说非常艰难。

“我不会放弃的，”他说，“我要用自己心爱的儿子进行实验，他的命比我的还重要，这样我的同胞也会看见我对这件事的信念。等我保护好了萨缪尔，或许他们会愿意尝试。”

就这样，萨缪尔接种了，然后是卡顿·马特尔的一个女婿——沃尔特先生。就这样，博伊尔斯顿医生给很多人进行了接种。几百人由于接触了病人的衣服受到感染而死亡了，但更多的人听从了医生明智的建议而活下来了。

但人们还是不肯承认自己的错误。一天晚上，一个具有破坏性的手榴弹被扔进了卡顿·马特尔的窗子，滚到了这把椅子底下。本来这种手榴弹应该装满了火药，它的爆炸力足以将卡顿·马特尔撕成碎片。但最博学的历史学家认为，这个手榴弹里只装了硫黄和阿魏[①]，意在要熏臭卡顿·马特尔。

在人类史上，这并不是什么奇怪的事。有些人一心想为世人做好事，但这些事超过了世人理解的限度，所以当时的人们认为这些人是遗臭万年的坏人。但只要这些聪明而善良的世人愿意等一等，人们或他们的后世子孙总会为他伸张正义。我们现在所说的这件事也是这个道理。后来，接种运用得越来越普遍，拯救了数以千计的人的性命，人们记住了卡顿·马特尔，虽然那时他已长眠于地下。人们承认，他们为之辱骂和迫害他最厉害的那件事，正是他做得最好最明智的事。

“祖父，这不是一个令人愉快的故事。”克拉拉说。

“是的，克拉拉，”祖父说，“但你们应该知道天花曾给我们的先辈造成了多大的伤害。现在如果你想知道更多关于卡顿·马特尔的事，可以看一看皮博迪先生为他所写的传记。这本书很有趣，具有指导性，但可能作者对这个非凡的人的看法有些严苛。他确实公正地评价了他，也很理解他，但他解读卡顿·马特尔时，更多的是用理性，而非同情心。其实，应该由

① 阿魏：一种有臭味的植物。——译者注

一位知道他全部的缺点还仍然爱他的人去给他写传记。”

卡顿·马特尔逝于1728年，那一年他65岁，至此，他的故事全部结束了。后来椅子到了以利沙·库克手里。这位绅士是著名的民权运动者。

同年，威廉·伯内特——也就是有名的伯内特主教的儿子，以新任总督的身份抵达波士顿。自科洛内尔·舒特之后，他是第一个被任命的总督。政府大楼翻修的时候，伯内特总督就住在库克先生家。这段时间里，他常夸奖祖父的椅子，他觉得坐在上面非常舒服，等到要搬回政府大楼时，他非常舍不得这把椅子，因此库克先生就把椅子送给他了。

“我还以为，”劳伦斯说，“人们会请求国王，任命一个新英格兰本土人统治他们。”

“看到那种既没有才华也没有品德的人坐在总督的位置上，这当然会让人觉得难过。国王总是给美洲殖民地任命那些贵族，或在议会上奉承他的人，或被遣散的军官做总督。人们知道，这样的总督很容易牺牲美洲殖民地的利益去满足国王的欲望。因此，立法机构想要尽可能地将一定的权力掌握在自己手中，所以他们拒绝付给总督固定的薪水，他们觉得应当根据总督应得的报酬来支付薪水才更合理。”

“伯内特总督有没有为自己的薪水努力工作？”查理问。

祖父被查理天真的问题给逗笑了。不过，这却为这个存在争议的问题提供了一个简单而清晰的视角。

祖父描述了伯内特总督的为人，说他是一个优秀的学者，很有能力，而且没有什么缺点。他的故事足以作为一个人不走运的经典例子。他被任命为总督，被置于国家的统治之下，被迫以人民利益之外的其他东西为目标。伯内特总督被国王的指挥束缚住了，不能按照自己的意愿做事。结果，他所有的办公成员就在和立法机构的争吵中日复一日地消耗下去。

“孩子们，我想，”祖父说，“伯内特总督坐在这把椅子里时，从未感受到安闲和舒适。他常穿一件外面的布料粗糙、内里却是光滑的天鹅绒的外套坐在这里，据说他的性格也很像这件衣服。因为他表现出来的行为很粗鲁，但内心却温柔和善。很遗憾，这样的一个人却总是麻烦缠身。他和人民代表之间的争执令他如此困扰，使得他发起了高烧，后来他因此而去世了，那是在 1729 年。他活着时，立法机构拒绝付给他薪水，但在他死后他们却拨出一大笔钱给他办了一场盛大而浮夸的葬礼。”

祖父看到小艾丽斯已经睡着了，她的头还枕在祖父的脚凳上。其实，根据克拉拉的说法，从沃克爵士攻打魁北克开始，一直到伯内特总督去世，她一直在睡觉，已经睡过去了 18 年。然而，睡了那么久，小艾丽斯依然只是一个不到五岁的金发孩子。

“这让我想起了一位美丽的公主的故事，”劳伦斯说，“她睡了好几百年，醒来后还是和以前一样年轻漂亮。”

第六章　生活方式的大转变

过了几个晚上，克拉拉忽然问祖父这把椅子有没有参加过晚会。小艾丽斯带着一个洋娃娃，也凑了过来，她已经和这个洋娃娃聊了好一会儿的天了。

“看，祖父，”她叫道，“有没有这么美的小姐坐过这把椅子？”

这些问题，让祖父讲起了那时候从英国引进到美洲的时装和礼仪。朴素而古老的清教徒时代正在快速隐去，这在一定程度上是由于居民人数和财富的增加，以及不断有人从大海那边过来造访。

引起这种浮夸的生活方式的另一个原因是，皇家指派的官员的榜样力量。在旧宪章里，统治者是人民的代表，因此他们的生活方式和大家一样简单。但现在，他们是国王的代表，因此他们认为有必要通过那些隆重而华丽的仪式，来保持皇家的尊严。另外，政府里的那些办公人员都来自伦敦，他们在那里养成了时尚和奢侈的生活习惯，现在已经无法舍弃这种习惯。殖民地的富人开始模仿他们，这样就掀起了一场生活方式的大转变。

“所以，亲爱的克拉拉，”祖父说，“我们的椅子在搬进政府大楼后，肯定常常出席舞会和晚宴。我无法描绘出这些宴会具体是什么样子，但肯定都很豪华，身着华丽制服的奴隶侍从服侍着客人，给他们往银质的酒杯中斟酒。”

“那时候就有奴隶?！”克拉拉惊叫道。

“是的，黑人和白人奴隶。”祖父说，“我们的先辈不仅从非洲带来黑人，还从南美带来印第安人，从爱尔兰带来白人。这些人为了支付穿越大西洋的费用，都把自己拿去买卖，不过不是终生的，而是几年或几十年时间。那时候，在报纸上看到出售一群爱尔兰女孩的广告再平常不过了。至于刚出生的黑人婴儿，人们可以像带走刚出生的小猫那样带走他们。”

“可能艾丽斯会想要一个和她一起玩，她可能就不想要洋娃娃了。”查理哈哈笑着说。但小艾丽斯把柔软的娃娃往怀里抱得更紧了一些。

“亲爱的小艾丽斯，看到你这个可爱的洋娃娃，”祖父说，“我真希望你能看看那时候的小姐们穿的时装。她们有丝绸、锦缎、花缎、织锦，还有高帽，以及其他各种好东西。她们习惯穿那种带有环形裙撑的裙子，裙撑可以将裙子撑得很大，绕着她们的裙子走一圈，简直像一次旅行。”

“那绅士们穿什么呢？”查理问。

“和女士们一样奢华，”祖父回答，“节假日时他们穿剪裁合身的天鹅绒套装，红的、绿的、蓝的，以及其他明亮的颜色，上面用金线或银线绣着花边。他们的马甲足有现在的五倍大，也很精美。有的马甲几乎能垂到膝盖，上面都是金线刺绣。”

“哇，那穿起来肯定像一幅金画一样闪亮吧。”克拉拉感叹。

“他们还戴各种各样的假发。他们的三角帽上装饰着金边或银边，紧身半长裤的膝盖处装饰着闪光的纽扣，鞋子上也是这样的纽扣。他们的佩剑也十分讲究，剑柄要么是银制的，要么是磨得光亮的钢铁，镶嵌着金子。”

“哦，我也想要一把这样的佩剑。”查理嚷道。

“还要一件红色带刺绣的天鹅绒外套，”克拉拉笑他，“再给你一件织金的锦缎做的马甲，一直拖到膝盖！”

“再装饰上膝盖扣和鞋扣。”劳伦斯也笑起来。

“还有一顶假发。”小艾丽斯认真地说，但她其实并不知道她给查理推荐的到底是什么东西。

听到大家要给查理穿这些奇装异服，祖父也不禁笑了。接着他又讲起了椅子的故事。他告诉孩子们，1730 年，国王乔治二世任命乔纳森·贝尔彻，取代逝去的伯内特，继任马萨诸塞殖民地的总督。贝尔彻先生虽是当地人，却在欧洲度过了大半生。

新总督在政府大楼里发现了祖父的椅子，并被它高贵而庄严的样子打动了。但同时，他也认为这把椅子使用的时间太久，受过太多磨损，不太适宜放在林肯伯爵大厅里做办公用椅。因此，喜欢显赫排场的贝尔彻总督，雇用了能工巧匠来对椅子进行美化。他们对椅子进行刷漆和磨光，对扶手和椅背上的雕刻以及橡木花进行镀金。现在，狮子头确实像一块闪烁的黄金了。最后，贝尔彻总督在椅子上放了一个蓝色锦缎的垫子，垫子上缀满了金色的流苏。

“我们的椅子现在看起来特别豪华，”祖父说，“比起一个世纪前，阿贝拉小姐刚把它从英国带来时的样子，它现在闪闪发光，惹人注目。很多人都以为这是一把根据伦敦最新潮流打制的椅子。有个说法是，所有光鲜的新发明背后，都有一个古老而斑驳的存在。这把椅子就是这个说法的例证。”

“祖父，我没看到什么镀金哪。”查理当即仔细检查了椅子后说。

“你肯定找不到，那些镀金都被磨掉了。”祖父说，“继续听椅子的故事你就会明白这一点。镀了金以后，它配得上政府大楼里最漂亮的房间。”

孩子们对贝尔彻总督执政时期的事没有太大兴趣。起先，贝尔彻总督也像科洛内尔·舒特和伯内特一样，为自己的薪水和立法机构争吵。但当他发现自己不可能得到固定薪水后，他最终取得了国王的许可，接受了立法机构的做法。这样，人民就开心了，在经历了这么久的争执后，他们终于可以根据自己的判断来决定从自己的钱财中拿出多少付给总督了。

贝尔彻总督办公室的其他人都在忙着解决货币的事。老实的约翰·赫尔的松树先令早就磨坏了，或流失了，或被熔掉了。

现在，它们已经被纸币或羊皮纸取代，名义上说，羊皮纸的价值在三便士以上。但这些纸币一直在贬值，因为它们换不到真正的硬通货[①]。这种情况比印第安人使用贝壳币还糟糕。流通媒介的混乱，是造成统治者和立法机构一系列混乱和麻烦的根源。不仅仅贝尔彻总督在位的时候是这样，其实很久以前就这样了，后来又这样持续了很久。

最后，人们觉得贝尔彻总督偷偷在殖民地内恢复英国国教。很多新英格兰的真正子民身上还保留着老清教徒的精神，所以他们对总督的这种企图感到恐惧。大家做了很多努力，希望国王废除总督。因此，1740 年，贝尔彻总督被迫离职，祖父的椅子又被拍卖，这一次到了舍利先生手中。

---

① 硬通货，指在国际上能广泛作为计价、支付、结算手段使用的货币。——编辑注

第七章　州会集结

“威廉·舍利，”祖父说，“他是几年前从英国过来的，他开始在波士顿执业当律师。你可能会以为，既然他是个律师，那他肯定一天到晚坐在这把椅子上看厚厚的法律书籍。恰恰相反，他就像马萨诸塞以前的总督一样，活跃而不安分。就连威廉·菲普斯爵士都难以和他相比。他担任总督的前一两年，精力都用在规范货币上了。但1744年，在保持了三十多年的和平之后，英法之间的战争又爆发了。”

“我猜，”查理说，“这个总督去攻打加拿大了。”

“不全对，查理，”祖父说，“但你猜得也差不多了。1745年，他计划攻打路易斯堡，这是一座要塞，坐落在靠近新斯科舍的布列塔尼角。它的城墙坚硬牢固，而且很高，由几百门重型大炮把守。这是法国在美洲最牢固的堡垒。如果法国国王猜到了舍利总督的意图，他肯定会召集所有能召集的舰队来保护它。”

围攻路易斯堡是新英格兰人参与的最重要的事件之一，祖父想尽可能讲述出新英格兰人在这起事件上所表现出的英勇。我们把这段描述称为“州会集结”。

攻打路易斯堡的计划，一开始打算在一月执行。从那时起，总督的座位旁就一直围满了顾问、代表、神职人员、船长、领航员等各种人群，总督需要咨询他们，以完成他的伟大计划。

最重要的是，他们需要士兵和武器。立法机构立即拿出了一大堆纸币，就像变魔法一样，总督想要买到全部的老式大炮、火药、子弹、生锈的剑和毛瑟枪，还有其他所有能杀死法国人的东西。这消息也被送到新英格兰、纽约和宾夕法尼亚等其他总督那里，舍利总督想要邀请他们一起加入这次攻打法国人的计划。所有这些地区都同意尽全力提供帮助。

但还有一件非常重要的事等待着他们做决定。谁来统领这支大军呢？和平持续了一段不短的时间，现在殖民者的战争经验远不如从前那样丰富。以前的清教徒总会随时擦拭自己的武器，准备战斗，也从不会让深谙攻击和防守的战争指挥官忍受贫穷。但他们子孙的剑却由于长久不用而锈迹斑斑了。现在的新英格兰，没有一个人知道任何关于围攻和其他常见的战争的事。知道战争的都是一些老人，他们曾在达默总督带领的战争里和印第安人斗智斗勇。

在这种困境里，舍利总督瞄准了一个叫威廉·佩珀雷尔的富商，他很知名，也很受人们的爱戴。说到军事，他也不比其他人知道得多。但因为总督不断施加压力催促他，佩珀雷尔先生同意停下手中的生意，佩戴着一柄剑，接任了将军一职。

同时，这个计划引起了很大的骚动。“咚咚咚！咚咚咚！”

不管白天黑夜，随时都能听到震天的鼓声。

现在，没有什么东西比武器更珍贵了——不管是什么风格、什么形式的武器。呼声震天，鼓声铿锵，铁匠们都在埋头修补以前战争中损坏的武器。有人拖出了那种巨大而沉重的枪，这种枪是早期清教徒们放在支架上使用的。马枪也被找出来了，这种枪的声音就像大炮一样响。老式大炮的点火孔几乎和炮口一样大，那也被当作无价的宝贝。长矛，可能是迈尔斯·斯坦迪什[①]的士兵用过的，也被翻了出来。很多年轻人翻遍阁楼，把曾祖爷爷的锈迹斑斑的剑拿了出来，上面还沾染着菲利普国王战争时期的血。

从来没有过这样的武装队伍——一个民族在经历了长久的和平之后，再次卷入战争，拿起了手边一切可用的武器。鼓声还在响着——“咚咚咚！咚咚咚！”鼓声响彻了城镇和农村，跟在后面的军队的脚步声也越来越多，越来越大。

“咚咚咚！”现在军队开始在波士顿集结。高大、瘦削、笨拙的小伙子，三三两两，一伙一伙昂首阔步地来了，穿着家里自制的棕色服装和蓝色的长筒纱袜。他们前进的步伐就像仍扶着犁把，走起来毫无节拍和节奏感。他们就这样来了，从玉米地里，从森林空地里，从铁匠棚，从木匠的店里，从鞋匠的椅子上。他们是一群粗野而坚毅的小伙子。一个受过专业训练的

① 普利茅斯以前的首领。——译者注

欧洲人看到他们可能会笑到胃疼。但他们的心里有一种精神，对于士兵来说，这比穿着红色制服[①]，踩着音乐的节奏整齐地前进更重要。

“咚咚咚！”人们依然可以听见鼓声。现在有三四千人正在向波士顿赶来，再也没有安静之土了。学生们也凑过来，跟在大鼓的后面尖叫着。整个城市，整片土地都燃烧起了战争之火。

军队到达后，他们都被统一安排。我们可以想象：舍利总督和佩珀雷尔将军骑在马上，慢慢巡视着队伍，鼓手们在一旁敲打着古老而奇怪的调子，听起来就像赞美诗，所有的军官和士兵都尽力表现出最好的备战状态。如果法国人看到了这一幕，肯定会觉得害怕。

最后，1745 年 3 月 24 日，这支队伍发出一声离别的吼声后，分别乘坐总督雇来的 10～12 艘船离开了波士顿。几天后，一艘由海军准将彼得·沃伦指挥的英国战舰，也去了路易斯堡对军队施以援助。经过这么多准备后，现在整个地区和城市都陷入了一片安静和沉默。

但在这种焦虑的时刻，安静和沉默会让人难以忍受。想到儿子、丈夫和兄弟可能遇到的危险，老人和妇女的心都悬了起来。孩子们去学校都无精打采，他们想念喧嚣的鼓声和军队的脚步声，之前他们曾快乐地跟在他们后面尖叫和奔跑。所有的

---

① 以前英国士兵的制服为红色。——译者注

牧师都在布道台上为新英格兰的军队祈福。每个家庭里，优秀的男性都受到爱国主义的激励。他们自愿入伍，是为了保护那些亲爱的人，那些在路易斯堡的墙下奋战的人。

这段时间，舍利总督一直处于一种不耐烦的状态。他一刻也坐不住。就是在祖父的椅子里，他也不得安宁。他不时前前后后、来来回回、不停地在政府大楼里走来走去。他一会儿登上屋顶，望着大海的方向，睁大眼睛搜寻，想看看海平面上有没有一艘回来的船。一会儿，他又急速地跑下楼梯，站在大门下红色石头的台阶上，接待身上沾着泥污的情报员，期冀能从他那里获得军队的消息。军队离开几周后，沃伦将军命一艘小船带着两个法国俘虏回到了波士顿。其中一个是布拉德黑先生，他曾在路易斯堡城外的一场战役中担任指挥官。另一个是马松·福特伯爵，他是法国一艘护卫舰的舰长，不过现在这艘护卫舰已经归沃伦将军的舰队所有了。这两个俘虏令舍利总督确信，路易斯堡并非坚不可摧。

一天天过去了，一周周也过去了。人们几乎都要被焦虑打倒了，因为祖国的花朵们都去冒险了。现在是7月3日的黎明。

听！这是什么声音？急促的钟声！老北教堂的钟声突然响了起来！老南教堂的钟声也响起来了！现在是布拉托街教堂的钟声！九个或十个教堂的钟声都同时在晨风中猛然响起来了！这是捷报还是警报？这时又传来一声炮响！皇家礼炮响起来了！现在我们可以听到街上人群狂欢的声音了。万岁！万岁！路易斯堡投降了，万岁！

“哦，祖父，我要是活在那时候，该多高兴啊！”查理叫道，“国王给了舍利总督和佩珀雷尔将军什么奖赏呢？”

“佩珀雷尔将军被封为男爵，现在该叫他佩珀雷尔男爵了。”祖父说，“同时也任命佩珀雷尔将军和舍利总督一起担任皇家军队的上校。这些奖赏，就算再高一些也是值得的。因为这是整个战争中英国所取得的最大的胜利。佩珀雷尔将军成了名人。我见过他真人大小的全身雕像，雕像上的他穿着红色制服，站在路易斯堡的墙下，空中有几枚炮弹正朝他飞来。”

“但殖民地在这场战役中，得到什么真正的好处了吗？”劳伦斯问，“还是仅仅只有给佩珀雷尔和舍利的奖励？”

“英国议会，”祖父说，“同意补偿包围战的所有花费。因此，1749 年，英国给了波士顿 215 箱西班牙币和 100 桶铜币。这些加起来大概有一百万美元。27 辆马车和手推车载着这些钱，从码头运到了政府的财库。这个报酬够不够慷慨？”

“那些在包围战中战死的人们，他们的母亲肯定不会这样认为。”劳伦斯说。

“是的，劳伦斯，”祖父接着说，“所有的战利品都伴随着身体和道德上的罪恶。对于这个，西班牙所有金矿中的金子都补偿不了。但我们可以换个角度看这次战争，它让殖民者知道了自己的战斗力，这就为大革命的爆发准备了条件。从这个角度去看，我们的先辈在这次战争中得到的最大奖赏是他们的勇气。”

祖父继续说，这次围攻路易斯堡的成功，诱使佩珀雷尔和舍利萌生了攻打加拿大的计划。不过，这个计划并没有付诸实施。

1746 年，一支强大的法国舰队靠岸了，这引起了人们巨大的恐慌。由唐维尔公爵统领的这支舰队，除了乘有士兵的小船外，共有 40 艘战船。法国想通过这支军队拿回路易斯堡，之后再报复整个新英格兰。面对这样的形势，很多人都准备放弃新英格兰了。

但这支舰队遇到了很多灾难，由于风暴和沉船事故，舰队遭受了巨大的损失，据说唐维尔公爵在绝望之中服毒自杀了。接任他的军官也拔剑自刎了。如此一来，失去了首领，剩下的人也就返回法国了。这件事对于新英格兰而言是一种极大的拯救。说到这里，历史上还有一件事与此有异曲同工之妙。那就是英国女王伊丽莎白执政时期，西班牙无敌舰队①在海岸上被摧毁那件事。

“1747 年，”祖父说，“舍利总督被政府驱逐了，他不是被敌人的军舰和士兵驱逐的，而是被波士顿的一群暴民。英国的海军准将诺尔斯强行征走了一些人，他的行为激怒了大家，好几

① 西班牙无敌舰队是西班牙 16 世纪晚期著名的海上舰队，舰船力量十分强大。1588 年，这支舰队意欲入侵英国。对于英国而言，这场大海战关系着国家存亡。但后来，无敌舰队在苏格兰附近海域遭到了使舰队和人员受到严重损害的暴风雨天气，此次入侵以失败告终。——编辑注

千人包围了会议室，还往窗子上扔石头和碎砖头。总督想让他们冷静下来，但没有成功，所以他觉得应该离开这座城市，到威廉城堡去避避风头。直到诺尔斯将带走的人送还，民众才恢复平静。这件事也在提醒英国人，最好不要采用压迫的手段对付他们殖民地的同胞。”

1748 年，英法达成了和平协议，总督现在有机会在祖父的椅子上安逸地坐上一会儿了。但这样的闲适，似乎不符合他的性格。因为第二年他去了英国，之后就被派到法国处理公务了。不过，舍利还没有辞去总督的职务，暂时由副总督菲普斯代替他执行政务。

第八章　阿卡迪亚的流亡者

感恩节前夕，劳伦斯、克拉拉、查理还有小艾丽斯手牵着手过来了，他们在祖父的椅子旁围成了一个半圆。节日那天，他们一直都很开心，聚在一起玩了各种游戏，房子里不断回响着他们的欢笑声。

祖父虽然不像孩子们那样兴奋不已，但也很愉快。他觉得这会成为他一生中最美好的感恩节之一。事实上，他以前所度过的感恩节都和今年有相似的地方。在幼年时、少年时以及成年后，他所度过的每一个感恩节，都有其不同的快乐和忧伤。现在它们又一个个地显现在他眼前，而他，还是安静地坐在椅子里。过去的场景像影片一样浮现在空中。已经离世的朋友似乎也出现了，人世间再也听不到的声音正从那无限而永恒的地方发出回声。这些影像看起来几乎和真的一样，在孩子们欢乐的尖叫和笑声里，那些身影像阳光一样在他眼前舞动着。

他觉得过往的事情都还留在记忆里，过去的幸福是永远的财富。生命中的那些忧伤，在内心深处经历了长久的沉淀之后，竟渐渐类似于快乐了。经历了岁月的洗礼之后，那些记忆越发珍贵，比纯金还贵重。

现在孩子们过来了，玩了一天，他们显得有些疲累，想安静地听祖父讲会儿故事。

这位和善的老先生擦了擦眼睛，朝每个孩子都笑了笑。他发现自己仍然很重要，仍然能给世界带去欢乐，就像绝大多数上了年纪的人一样，他对此感到很开心。愉快地玩了一整天后，这些孩子们想听他讲故事吗？哦，那样的话，老祖父在人世间还有地方可以奉献，至少在男孩子和小姑娘那里。

“祖父，快点儿讲吧，”小艾丽斯叫道，“这只猫咪很想听您讲。”

确实，我们那只黄色的猫朋友，躺在壁炉边的地毯上，正在就着炉火取暖呢。它还竖起小耳朵，一会儿看看孩子们，一会儿看看祖父，好像它对他们所有人的建议表示赞同。突然，它发出一阵响亮的咕噜咕噜声，就像烧开的茶壶在唱歌，又像纺车在低吟，这说明它现在是一只快乐而舒适的猫咪。猫咪已经吃过大餐了，就像祖父和孩子们一样，它也过了一个丰盛的感恩节。

“猫咪想听我讲故事吗？”祖父笑着问，“那我们一定得尽力让猫咪高兴。”

这样，他就从1748年的和平时期，开始讲起了椅子的历史。根据之前所达成的和平协议中的一个条款，新英格兰人万分辛苦才争取到的路易斯堡应归还法国。

法国人担心，除非他们的殖民地能修得更牢固，否则再来一场战争恐怕就会夺去他们的全部。因此，和平协议一达成，法国人就开始在北美构建牢固的防御工事了。看到这些坐落在荒无人烟的湖畔、遥远的树林中的军事堡垒，人们会觉得很奇怪。在尚普兰湖上划着桦树舟的印第安人，抬头就能看到提康德罗加那些高高的堡垒。这些堡垒都是一块块的石头堆积而成的，上面装有大炮，最上面飘着法国的白旗。俄亥俄河的源头处尼亚加拉大瀑布的旁边，安大略湖的湖畔都有类似的堡垒。这些堡垒的周围都是无穷无尽的森林，连鼓声都会湮没在那些深沉的孤寂之中。

其实，这是因为法国人想在从加拿大到路易斯安那的沿路上构建要塞。这样，他们就可以在英国殖民地的后面开辟出一条军事防线，以便把英国人完全包围在里面。英王把这些要塞看作战争的导火索，因此在 1754 年，战争又开始了。

“舍利总督已经于 1753 年回到了波士顿。”祖父说，“他在巴黎时娶了第二个妻子——一个年轻的巴黎女孩，现在也带回了波士顿的政府大楼。但战争开始后，想让这样一个活跃的人安静地待在家里，坐在椅子上陪着妻子和孩子，是不可能的。因此，他接受了英国军队的任命。”

“那佩珀雷尔男爵做了什么？”查理问。

“他待在家里，”祖父说，“担任自卫队的将军。那些穿越大西洋被送来的老兵团，如果知道他们的指挥官是一个美洲的老商人，很可能会嘲笑他。这就是老人口中说的古老的反法之战。

这场战争，跟我们的椅子没什么关系。我甚至无法说出布拉多克将军血淋淋的战败史，那是1755年的事，就发生在俄亥俄河的源头处。但我必须要提的是，英国将军负伤后，他的军队也被击溃了，不过剩下的人都被乔治·华盛顿的本领和勇气拯救了。”

1772年，40岁的华盛顿

说到这个如雷贯耳的名字，孩子们觉得他好像一道光，照亮了他们国家的历史。现在，伟大的拯救者出现了。

祖父觉得，在整个反法之战中，没有什么比阿卡迪亚的居民迁移更有趣的事了。从1604年这个法国殖民地拥有第一批殖民者开始，直到现在，这里的居民几乎都不知道是谁在统治他们。他们是一个和平的民族，从未发生过战争，他们也不关心军事。但是每次战争中，他们的领地上都聚满了铁石心肠的士兵，英国和法国的都有。这些士兵在这片土地上打得不可开交，就为了获得虐待这些可怜、无辜的居民的优先权。有时，和平协议让这些可怜、无辜的居民属于某个国王，有时则让他们属于另一个国王。

1748年，阿卡迪亚被割让给了英国。但法国仍统治着它的大部分地区，并且在那里建立了防守要塞。1755年，这些要塞都被撤了，整个阿卡迪亚都被马萨诸塞的温斯洛将军所带领的3000人攻下了。阿卡迪亚的居民被指控为法国人提供军需，以及做了其他违反他们中立性质的事情。

“这些指控很可能是真的，”祖父说，“因为阿卡迪亚人是法国人的后代，他们对法国人的感情就像马萨诸塞殖民地的人们对英国人一样。但阿卡迪亚人受到了严厉的惩罚。英国人决定把他们赶出家园，让他们在海外四处流浪。”

阿卡迪亚大概有七千人。他们中的大部分人被俘虏了，然后被运到了英国殖民地。他们的房屋和教堂都被烧掉了，他们的牲畜被宰杀了。整个国家成了一片废墟。这样，即使英国人离开后，也没有人能在他们的家乡找到住的地方和食物。其中1000个俘虏被送到了马萨诸塞。为了让他的小听众明白阿卡迪亚人的处境，祖父还讲了一些其他的故事。

我们可以将这个故事叫作“阿卡迪亚的流亡者”。

对于可怜的阿卡迪亚人来说，当武装的士兵用刺刀逼着他们走向海岸时，那真是个悲惨的日子。当他们坐在拥挤的船上，在海上漂荡时，他们也非常悲伤。但我觉得当他们登陆波士顿的长码头，踏上异国的土地时，那才更悲伤。

他们挤成一团，互相看着，都想从别人脸上找到一点儿安慰，但结果却是令人失望的。他们一直被囚禁在不同的船上，所以不知道自己的亲人和朋友是否和他们囚禁在一起。但现在，他们已经知道有很多人被留在了别的地方，或被运到了其他地区。

你可能会听到一个孤独的妻子在呼喊她的丈夫。而他，唉，他却在她不知道的地方，或者他也有可能逃进了阿卡迪亚的森林，现在已经回到了家里，在他们住所的那片废墟上痛哭。

一个上了年纪的寡妇悲伤而哀怨地哭喊着她的儿子，正是对儿子的情感才支撑她活了这么久。可他却不在这流放的人群当中，除了消沉和死亡，这个寡妇还能怎么样呢？年轻的小伙子和姑娘们，他们也因为分离而心碎，但仍希望在旅途中能找到他们的爱人。现在他们觉得大概要永远分离了。或许还有一个孤单的小女孩，一个金发的五岁女孩，长得和小艾丽斯一样，正在哭喊着要找妈妈，可是却没有谁给她哪怕一句同情的安慰。

哦，这里上演着多少生离死别！国家不在了，朋友不在了，他们的乡村小舍，他们的羊群牛群全都不见了。这些流放的人和世界的关系好像一下子全断了。他们肯定非常后悔没在流放前死去，因为英国人肯定也没那么狠心，要禁止他们葬在家乡的土地上。死去的人才开心，因为他们没有被流放。

他们就这样站在码头上，新英格兰人的好奇心和求知欲自然会带他们走近可怜的阿卡迪亚人。无论何时，只要有两三个被流放的阿卡迪亚人在一起谈话，就会有爱管闲事的人把头伸过去。对新英格兰人来说，这种奇异的法国口音真让人困惑。

围观的人里也有新英格兰女人。她们刚从自己温暖、安全的家里走出来，她们家里的一切都是有序和舒适的，入夜后，她们的丈夫和孩子都会陪在身边。当然，她们可能会同情可怜的阿卡迪亚人中的妻子和母亲。或者，阿卡迪亚人不断在胸前所画着的十字，正是清教徒的后代憎恨的东西，或许这个十字驱除了所有的同情心？

围观者中肯定少不了一群吵闹的小学生，他们围着这群穿着奇怪的外国人跑来跑去，大声尖叫和哄笑。一开始，他们围着外国人手舞足蹈，愉快而顽皮。但阿卡迪亚人的绝望情绪很快影响了这些天真的孩子，令他们眼中噙满了同情的泪水。

在离人群不远的地方可以看到一些浮夸的富商，他们的仓库就在码头上。要感动这些富人很难，因为他们有能力过世上最舒适的生活；走在外面的时候，除了被坚硬的道路刺激到痛风的脚趾外，没有什么能打动他们的感情。他们拄着金头手杖①，沉着冷静地看着这一幕。但我们依然希望他们会拿出一点儿多余的钱来，施舍给这些不幸的人，好让他们去买食物或住宿一晚。

这些异乡客在码头上站立了很久，他们凝视着大海，仿佛是为了再多看一眼他们失去的阿卡迪亚。最后，他们分散开来，进了城。

---

① 旧时拄这种手杖被视为一种高贵和时尚。——编辑注

他们走了。我们可以假设，他们应该是一群群或一组组的，这里一百个，那里一打，那边有十个，再那边是三四个，这些人天生就有团结的本能。那里还有一个，他选择了孤独，不想要陪伴。

他们今后要去哪里？我猜他们就在街道上流浪，以怪异、难以理解的语言告诉城里的人，他们正承受着世上最深的苦难。人与人之间的感情，足以让新英格兰人理解这种语言。这些陌生人想要食物。他们有些人站在汉诺威市和北广场附近的大户人家门口，寻求一点儿照顾。有的站在粗陋的木屋前——那里面住的都是小气的店主和商人。祈求上天，不要让波士顿的人也遭受这种境遇。如果让老妇人和孩子们，甚至身强力壮的年轻人，尝到饥饿的滋味，那对新英格兰人来说会是一种耻辱——一种应该遭到报复的罪恶。

可能有些阿卡迪亚人漫无目的地在城里流浪时，发现了一座砖瓦大厦。这座大厦和街道之间隔着一条铁轨，铁轨上有一些奇异的图案。他们看到大厦门口有一堆红色的毛石①，再上面是阳台和栏杆。悲惨和孤寂给了人们任意出入任何地方的权利。我想，他们肯定踏上台阶，走进了议院。他们走进一座房子，看到一位穿得厚厚的绅士坐在椅子上，椅背上有镀金的雕花，椅子顶部还有一个镀金的狮子头。这是舍利总督，他正坐在祖

① 毛石：开采以后，还未加工过的石料。——编辑注

父的椅子里，思考战争和国家大事。

如果这样的巧合真的发生了——舍利意识到政客的冷血政策和军队的铁腕，毁灭了多少和平而低微的希望，可能就会从中揣测出深刻的道德含义。这件事应该会让他明白，穷人的壁炉是神圣的，军队和民族都没有破坏它的权利。这件事还会令他感到，英国的胜利和不断滋长的统治权在阿卡迪亚人房屋的一堆灰烬面前，既不能补偿人类也不能偿还上天。但是，政客和军队所受的教育不是这样的。

“祖父，”劳伦斯声音都颤抖了，“冷血的战争以前造成过这样残忍的伤害吗？”

“劳伦斯，你在历史上读到过，整个地区都荒废了。”祖父说，“阿卡迪亚人迁走以后，除了那些还有同情心的人，军队并没有为自己的残忍和粗暴感到内疚。”

小艾丽斯的眼睛里一直蓄满泪水，现在终于哭起来了。这个故事在她心里引起的同情，已经超过了祖父的预测。

“整个民族都无家可归！”克拉拉湿着眼睛说，“真是再没有比这更悲惨的事了。”

“那是他们自己的错！”查理愤慨地叫道，“谁让他们不为自己出生的地方而战斗。那样的话，最坏也就是战死，然后被葬在那里。他们也不至于遭到流放。”

“其实他们的情况和死亡差不多，”祖父说，“这个英属殖民地能为他们做的，只能是送他们去救济院，或者让他们和工头订立合同，这种待遇只能给那些家境比较殷实的人。他们中有些人找到了去法国的方法，尽管法国是他们祖先的家乡，但对他们来说那里也是异国他乡吧。那些留下来的人一直抱有一个信念：如果英国不让他们这些可怜的阿卡迪亚人民回到故土，重建家园，法国是不会和英国签订和平条约的。”

“法国这样做了吗？”克拉拉问。

“唉，亲爱的克拉拉，”祖父说，“阿卡迪亚人民这点儿微弱的呼喊，是不可能传到法王路易十五耳朵里的。时间不停地流逝，被流放的阿卡迪亚人直到老去也没能回到故乡。他们的后人直到今天还和我们在一起。他们已经忘记了先辈的语言，很可能也没有记住家乡的任何传统。但我想，如果我是诗人，我会把阿卡迪亚当作自己的诗题。”①

感恩节的炉火里洋溢着温和的气氛，孩子们听了这样的故事后，更加感激壁炉产生的安全而和平的氛围。天色不早了，祖父决定等以后再继续讲这场战争。

---

① 这个故事已经由亨利·沃兹沃思·朗费罗在其名诗《伊万杰琳》中讲过。

第九章　攻克加拿大

第二天傍晚，壁炉里通红的火焰开始舞动时，孩子们又来恳求祖父继续讲椅子的故事。

“我们的椅子，”祖父说，“这段时间一直都在议院里。但舍利总督很少有时间能坐下来休息。他带领着部队穿过森林，或乘着平底船渡过安大略湖，睡在尼亚加拉大瀑布旁边的帐篷里，听着瀑布在睡梦中咆哮。在战争初期，舍利是美洲英军的总指挥。”

“他那年轻的妻子也和他一起去打仗了吗？”克拉拉问。

“我觉得，”祖父说，“她应该会留在波士顿。这位夫人独自占有了我们的椅子。在一个法国女性能安静下来的那些空闲时间里，她常常坐在这把椅子上。马萨诸塞的人们一直都不喜欢舍利总督这位年轻的妻子。他们怀疑她，觉得她会把英国的军事计划告诉法国军队的将军。”

“真的吗？”克拉拉问。

“应该没有，”祖父说，“但这种怀疑给舍利带来了很大的伤害。此外，由于他能力不足，1756 年，他被剥夺了将军的职权，被召回了英国。之后，他再也没有在公共场合中出现过。”

祖父的椅子不会动，即使在蓖麻油上也不会跑，所以它不可能自己去战场。但祖父暂时停止了讲述它的历史，而是简要地讲述了一些血战、包围战和猛攻战。

这些消息不断传到波士顿世居者的耳朵里。北部的森林里有许多善于战斗的勇士。所有的印第安部落都拿起了自己的斧头，要么加入了法军，要么加入了英军。步枪的射击声，大炮的吼叫声，打破了这片森林长久以来的安静，把熊和其他野兽都驱赶到了港口附近的文明之地。那些军队的情报员，他们传播着战争输赢的消息。

孩子们觉得好像穿越到了那些被遗忘的时光，好像现在就听到情报员骑马从街上奔驰而过的声音。祖父跟他们说了 1755 年发生在乔治湖的战争。

英勇的威廉姆斯上校也是马萨诸塞殖民地的军官，他和他的部队一起阵亡了。约翰逊将军和莱曼将军赶走了敌人，重伤了一个叫迪斯考男爵的法军将领，并从那位男爵身上抢下了一块金表。这块金表现在还在呢，虽然这块表的指针从战争时候起就在运行着，但是现在仍不知疲惫地指示着时间。

战争初始的几年，英国人遭遇了很多灾难，包括 1756 年失去奥斯威戈堡，第二年又失去威廉·亨利堡。不过，其中最大的灾难是 1758 年提康德罗加堡的阿伯克龙比将军和他的部队的战败。阿伯克龙比将军试图强攻城墙，但这引发了一场激烈的战斗，死伤了两千多的英国人和新英格兰人。那些死去的士兵，就埋在那座古堡的周围。

一直到这时候，还没有哪位英国将军展露出将领的才华。舍利总督、伦敦伯爵、阿伯克龙比将军都在不同时期担任过总指挥，但他们没有一个人打过一场有价值的胜仗。这并不是因为缺少资源。1758 年，阿伯克龙比将军手下有五万人。但著名的法国将军蒙卡尔姆是个军事天才，天生就知道怎么打胜仗。

蒙卡尔姆将军

最终在 1759 年，杰弗里·阿姆赫斯特爵士被任命为殖民地所有英军的总指挥。他是一个有能力、有经验的军人，现在制订了一个计划，去实现新英格兰人渴望已久的目标。这个目标——新英格兰人的祖辈也尝试过多次，那就是攻下加拿大。

整个部队兵分三路进入加拿大。其中一路由普里多将军带领，目标是由安大略湖进入蒙特利尔。第二路由杰弗里·阿姆赫斯特爵士亲自率领，要途经尚普兰湖到达圣劳伦斯河，再沿河而下，与第三路军会师。第三路军由沃尔夫将军带领，目的是经海路进入圣劳伦斯河，再顺河而上，进入魁北克。正是有了沃尔夫和他的军队，英国人才有了历史上最精彩的一场胜仗。

蒙特利尔

祖父描述了魁北克的围攻战，讲了沃尔夫如何带领他的士兵登上陡峭而险峻的悬崖，这个悬崖把他们从河岸带到了城市所在的平原。这个大胆的冒险是在黑夜中完成的。天亮时，蒙卡尔姆接到消息说，英军正在亚伯拉罕平原上等他一战。这个勇敢的法

沃尔夫将军

国将军命令士兵们敲起大鼓，并立即带兵前来应对沃尔夫的挑战。

这是蒙卡尔姆的死亡之战。这场战役是美洲有史以来最激烈的战役。沃尔夫为了鼓励士兵们勇敢向前，自己一马当先，却受了致命伤。他退到一块大石头下，与死亡殊死搏斗，但他的精神还留在不知战况如何的战场上。突然间，有个声音穿破嘈杂，响彻战场："他们逃跑了，他们逃跑了！"一瞬间，沃尔夫将军无力地抬起头，问："谁逃跑了？""法国人。"一位军官回答他。"那我就能瞑目了。"沃尔夫说完，就在胜利的欢呼声中去世了。

"如果说哪个武士的死亡是光荣的，沃尔夫肯定就是。"祖父说。虽然祖父是个平和的人，有着绅士精神，但说到这里，他的眼睛还是亮了一下，说道："他用鲜血，给英国的这块版图施以洗礼。他最后的呼吸混合在了胜利的欢呼中。"

"哦，这才是死得其所！"查理嚷道，眼睛里闪烁着光芒。接着，他又补充道："这才是好的死法，是不是，劳伦斯？"

劳伦斯没有回答，他的心正在燃烧着，沃尔夫将军躺在被鲜血染红的胜利战场上的画面，占据了他所有的想象。他也深刻地意识到，比起这个，还有更真实的荣耀。

“在沃尔夫这一战获胜后，加拿大还发生了其他的战役，”祖父说，“但我们可以说，反法之战到这里就结束了，但直到1763年才签署和平协议。和平协议里的条款对法国来说简直就是场灾难，因为整个加拿大、阿卡迪亚，还有布列塔尼角，总之所有法国和英国为之战争了近百年的地方都划归给了英国。”

“所以到最后，”劳伦斯说，“新英格兰人实现了自己的愿望，加拿大被攻下了。”

“现在除了印第安人，再也无仗可打了。”查理说。

英王乔治三世

祖父提到了另外两件重要的事。第一件事是1760年波士顿大火事件。当时，近三百座大楼一瞬间全着火了。火光照射在议院大楼的窗子上，照射在我们这把古老的椅子上——镀金的雕花和狮子头闪烁着耀眼的光泽。第二件事也是在1760年，乔治三世发布了继位公告。市政府阳台上那高亢的喇叭声，发出广阔而遥远的回声，好像在鼓励所有人怀疑乔治国王的封号。

王位的继承者在继位时都会用喇叭发出响亮的宣告，坐在这把庄严的椅子上的那些人已经听过七次了。但第八个继位者戴上他父亲的王冠时，新英格兰人就听不到他的喇叭宣告了。

第十章　忠诚的君主主义者

祖父已经讲完了反法之战，在这场战争里，这把椅子并没怎么出现。因此，祖父觉得，现在应该多给孩子们讲一些关于这个老家具的私密历史。

“1757 年，”祖父说，“舍利总督被召回英国后，托马斯·波纳尔被任命为马萨诸塞的总督。他是一个洒脱而时尚的英国绅士，虽然一生中大部分时间都在伦敦度过，但在美洲却认识很多人。新总督对正在进行的战争没有积极参与的表示。尽管他一度对跟随他的候补军官说起过攻打敌人的事，但整体来看，他很可能觉得安安静静地坐在这把椅子上看报纸和文件，对一个总督来说更合适。”

“人们喜欢波纳尔吗？”查理问。

“他们没觉得他有什么缺点。”祖父回答道，“当时最要紧的事是保护国家免遭法国的欺凌，人们没空跟这位总督吵架。但波纳尔没在马萨诸塞待多久，1759 年他被任命为南卡罗来纳殖民地的总督。就这样调来调去，我想他也没什么好遗憾的，除了不得不留下这把椅子。”

“他可以把椅子带去南卡罗来纳。”克拉拉说。

“依我看，”劳伦斯驾驭着想象的缰绳，说道，“这把旧椅子的命运，多多少少和老马萨诸塞有着某种神秘的联系。如果波纳尔总督把它带上去往南卡罗来纳的船，那艘船很可能驶不出波士顿港。您觉得是这样吗，祖父？”

“椅子要留在这儿，让我和祖父一起坐，”小艾丽斯说，“要给祖父讲故事用。”

“那祖父很高兴能有这样一个伙伴和故事话题。”这位老绅士笑着说，“劳伦斯，如果我们的橡木椅子像特洛伊的木马一样，注定和国家的命运有关联，那就不会有任何超自然的困难让它离开议院。但 1760 年，弗朗西斯·伯纳德爵士被任命为马萨诸塞的总督，他曾经是新泽西的总督。他第一次看到这把旧椅子时，觉得它有些寒酸，配不上刚从伦敦运过来的一套桃花芯木椅子和贵族沙发。因此，他就命人把椅子搬到了阁楼里。”

孩子们大声感叹，反对伯纳德爵士这个无礼的行为，但祖父尽可能帮他说了话。他注意到，自从贝尔彻总督修复它以来已经过去 30 年了。由于频繁的擦洗，椅子上的镀金都快磨光了。锦缎的椅垫曾经那么夺目，现在已经被坐得变了形，简直像一堆破布。这 30 年里，那么多沉重的绅士都在它身上坐过。

更重要的是，1757 年由伦敦伯爵和新英格兰总督主持的议会上，这个伯爵曾一时冲动，用他穿军靴的脚踢过这把椅子。因为这个无端且无理的行为，我们庄严的椅子朋友断了一根横档。

“但是，”祖父说，“我们的椅子并不是注定要在一个无人问津的阁楼里度过余生。副总督托马斯·哈钦森听说了伯纳德爵士的事。这位绅士比其他任何活着的人都更了解新英格兰的历史，他知道这把老椅子所见证过的所有冒险和变迁，他能准确地说出椅子的故事，就像我一样。以前他来议院时，就总以一种欣赏的眼光打量椅子，希望有一天能成为椅子的主人。现在，他终于等到了伯纳德爵士，可以轻易地带走这把椅子了。”

“我希望，”克拉拉说，“他重新给椅子上漆和镀金。”

“不，”祖父回答道，“哈钦森先生想要做的是把椅子尽可能地还原成最初的样子。为了这个，他命人用肥皂水擦洗它，又重新上蜡，之后在上面放了一个厚实的皮革垫子。在按照他的想法完成这一切后，他坐在椅子里，开始书写马萨诸塞的历史。”

“哦，哈钦森先生想得真好！”劳伦斯说，“这样一来，在他书写的时候，以前坐过这把椅子的那些人的身影，就会出现在他身边，用他们在世时的所见所闻所做，以及他们所承受的苦难启发他。”

“呃，亲爱的劳伦斯，”祖父笑着回答，“看来哈钦森先生并没有好好利用这个启发，因为从没有人写过比他那些更无趣的作品了。不过他至少实事求是，虽然明显缺少班克洛夫特先生的灵光和哲理性。”

“但如果哈钦森知道这把椅子的历史，”劳伦斯争辩道，“他的心总会受到历史的影响。”

“确实是这样的，”祖父说，“现在去猜想哈钦森先生如何看待和椅子有关的这些事情，这样的想法很有趣，而且具有指导性。”

祖父想象着，在傍晚的炉火旁，副总督哈钦森先生正幻想并思考着椅子见证过的变迁。

作为一个忠诚的君主主义者，哈钦森并不赞成对最初的共和政府进行颠覆。那时的共和政府是世上从未有过的最纯洁的政府，正是有了它，殖民地才得以开始存在。他尊重那些固执的老清教徒——他的故乡的开拓者，但他并不想召唤他们，也不想唤醒那种反抗君权的精神，他以为这种精神已经随着那些老清教徒的离世而永远消失了。温思罗普、达德利、贝林厄姆、恩迪科特、莱弗里特、布拉德斯特里特，所有这些人的日子都已经过去了。岁月已逝，人们再也不可能选举出一个共和政府来领导他们。

说到第二个宪章的事，哈钦森想起了船匠菲普斯，他从社会最底层一路走到了总督的位置。但当他意识到这个船匠总督的榜样并没有激发底层人民多大的野心时，他笑了。因为那是国王的恩赐，没有可模仿性。哈钦森想象着，这里会有新的贵族阶级，普通百姓将向这些贵族臣服，并谦卑地交出荣誉、财产以及国家管理权。他从这些事情看出来，或者说他自以为看出来，人们的自治能力因为长时间不用而下降了很多，现在仅剩下一点儿习惯性的情绪。

这位副总督的遐想现在回到了他自己坐在椅子里的时代，

他尽力展望了未来。在那里，他或许看见了自己的后代和其他殖民者贵族的后代；他看到新英格兰肥沃的土地被划分给几个大地主，并世代相传；他看见一群佃农，依赖于他们的领主；他还看见星星、吊袜带、宝冠和城堡。

“但是，”祖父看着劳伦斯说，“这位副总督的城堡只在眼前壁炉的灰烬里。而且，正当他为自己和后代构建宏大的住所时，火星溅到了壁炉里，把他的幻象烧成了一片灰烬。”

祖父看了看表，这只表嵌在一个小而精巧的乌木寺庙里，这个乌木寺庙由四个爱奥尼亚式的柱子支撑着。然后他把手放在小艾丽斯的头上，小艾丽斯的头已经垂在了大椅子的扶手上。

“去睡觉，去睡觉，孩子！”他说，“祖父已经成功地用这些名人的故事让你睡着了。”

第三卷
自由之树

前　言

年轻的读者有没有厌倦祖父的椅子的故事？这次你还会像一个真正的孙儿，像劳伦斯、克拉拉、查理和小艾丽斯一样，来到壁炉前吗？来吧，别害羞，也别害怕。你会发现祖父是个和蔼的老人，而且总是很愉悦。他的心随着年龄的增长而变得圆润，而不是干瘪枯萎。

他会告诉你，乔治国王是如何倚仗着他的军队和海军的力量对我们的先辈实施专政统治的。然后你就能听到自由之树的故事，还会知道什么人会聚在这棵树下。祖父肯定还会说到暴乱和动荡，以及一群愤怒的人们如何闯进了副总督的家门。接下来，他会让你看到英国军队的骄傲——他们穿着红色镶金的制服，登陆了长码头，直接进军公共会堂法尼尔厅和老议院。

你还会听到波士顿惨案。接下来，你还会听到关于茶船的精彩故事，还有那群在天黑时出现，却在黎明前全部消失的印第安人。现在士兵们越来越多，他们搭在公共会堂的帐篷，看上去真像不合时宜的雪。他们的战马在老南教堂里昂首阔步、大声嘶鸣。听！从莱克星顿传来了微弱的回声，英军在那里几乎打光了子弹，革命之战拉开了帷幕。人民都武装了起来。盖奇、豪、伯戈因、珀西勋爵和其他很多傲慢的英国人都在波士顿半岛被包围了。美洲人在每座山上都建了炮台。看！白马上有一位战神，正庄严地从一个制高点跑到另一个制高点，指挥着包围战。这是华盛顿吗?

之后祖父还会想起来一个忠诚的保皇派，并会尽力在你眼前和心底描绘出他最后走在波士顿大街上的样子。我们会追随着他忧郁的脚步，从法尼尔厅一直走到自由之树。那棵著名的自由之树！英军的斧头后来砍倒了它，但那时它那满树的叶子已经把自由的精神传播到了各地，它的根已经在遥远的佐治亚的土地上发芽。

在所有这些精彩的事件中，我们不会忘记祖父的椅子。靠着粗糙的橡木腿，它勤奋地从一个场景挪到另一个场景。无论何时，一个历史人物碰巧要寻找座位时，我们的椅子似乎总能骄傲地准时出现。这把无与伦比的旧椅子！让读者去寻找自己想要的东西吧。因为在这一卷里，祖父总结了椅子的历史，然后让它退出了大家的视线。

第一章　新的一年

新年那天的傍晚，祖父在客厅里来回踱步，外面雨打窗棂的声音越来越大。狂风吹打着窗扉，就像一个身强力壮的人正试图闯进舒适的房间。随着风的每一次吹动，壁炉的火就会跳动一下，仿佛在愉悦地嘲笑着冬日暴风雨的尖叫声。

祖父的椅子还像往常一样放在炉火旁。椅背上雕刻的图案在火光的闪烁中显得更加奇特。火光穿过椅子的空当，在对面的墙上留下一个完整的椅子形状。有时候，那个影子会静止不动，就像画在墙上一样。然后，突然之间，影子开始欢快地抖动、跳跃、起舞。过了一会儿，它好像想起来这些滑稽的动作配不上自己的庄严厚重，于是又突然静止了。但很快，它又再次舞动起来。

“看！祖父的椅子在跳舞！”小艾丽斯叫道。

接着，她跑到墙壁前，想摸一摸摇曳的影子。对一个五岁的孩子来说，影子就像真实的存在一样。

“我希望祖父能坐在椅子里讲完椅子的故事。”克拉拉说。

如果孩子们看看祖父就会注意到，克拉拉说这句话的时候，祖父停止了踱步。这位和善的老绅士已经准备好，并且愿意继续讲过去的那些故事。但他决定要等到孩子们请求他讲的时候再讲，免得孩子们把椅子这段具有启发性的历史当成作业，而不是乐趣。

“祖父，”查理说，“我不喜欢这沉闷的大雨，还有在烟囱里咆哮的风。我一整天都不开心。听您讲一讲椅子的故事，总比傻坐着什么也不做、什么也不想的好。”

说实话，我们的朋友查理确实因为这场风雨而闷闷不乐，因为下雨天他只能待在屋内。祖父刚送了他一个雪橇作为新年礼物，他也不能出去尽情尝试。时下流行给雪橇起名字，这个雪橇被光荣地授予“祖父的椅子”的称号。雪橇的两边也都漆上了金色的名字。查理非常喜欢这个新的交通工具，他确信它是所有雪橇中速度最快的。

至于劳伦斯，刚才他恰巧在回想椅子的历史。和蔼的老祖父送了他很多名人肖像，有各个国家的名人和伟人。在这些人中，劳伦斯发现有好几个曾经坐过这把椅子，或和椅子的历史有联系。祖父在屋里踱步的时候，这个想象力丰富的男孩一直盯着那把沧桑的椅子。他试图让那些肖像挺立起来，让他们像活生生的人一样坐在那把空着的椅子里。

“今天，这把旧椅子又开始了新的一年，”劳伦斯说，“我们必须得快一点儿，不然老故事还没讲完，新故事又来了。”

“是的，孩子们。”祖父叹了口气，笑着回答，“自从阿贝拉小姐从英国把这椅子带到美洲，到现在已经210年了，今天又加了一年，那就是211年了。这个年龄是你们祖父的三倍，不过，一年的时间并不会对它有什么影响，但坐在它身上的老人却一天天接近生命的尽头了。我还是在还能讲的时候继续讲故事吧。”

因此，祖父来到火炉旁，坐在了庄严的椅子上。狮子头严肃而温柔地看着孩子们围坐在祖父的椅子旁。它看起来就像一头真正的狮子，正从椅子后面看着这一切，并带着狮子特有的温顺对孩子们笑着。小艾丽斯经常受到自己独特想法的激发，她说狮子头正在向她点头，感觉就像它要张开大嘴开始讲故事了。

但狮子头看起来并不急着讲话，而且在椅子的整个历史上，也没有关于狮子头讲话的任何记录和传统，因此，祖父决定不再等它开口。

第二章　印花税

“查理，好孩子，”祖父说，“你还记得最后一位坐在椅子上的人是谁吗？”

“副总督哈钦森，”查理说，“伯纳德爵士——就是那个新总督，把椅子给了他，而不是让椅子继续留在议院的阁楼里。上次讲到哈钦森先生坐在壁炉旁，思考着椅子的过去和未来。”

“非常好，”祖父说，“你们知道那时是 1763 年左右，和法国的战争快结束了。现在，为了让你们更好地理解椅子的其他故事，我要跟你们简单说一下那个时期新英格兰殖民地的情势和人物。”

祖父讲起了反法之战期间，我们先辈们的忠诚之心，以及攻下加拿大一战让我们的先辈们取得了最终的胜利。

如果没有滚滚波涛隔开他们和英王，他们对英王的敬爱或许还会少一些。因为隔着三千英里的距离，人们无从发现国王的缺点和坏脾气。为了荣誉，为了拓展疆土，他们遭受了种种危险，而他们对国王的爱也随之加深了。整个战争中，美洲殖民者一直和老英格兰的士兵一起并肩作战，接近三万个年轻人为了乔治国王的荣誉倒在了战场上。活下来的人，因为曾为他做过那么多事，承受过那么多苦难，也更爱他了。

但还有一些事，导致美洲殖民者比早期更独立了。加拿大和阿卡迪亚现在都成了英国的属地，我们的先辈不再害怕以前曾侵扰他们的法国人和印第安人。差不多有一个半世纪，这些都是新英格兰人最大的恐惧。现在法国士兵在北部被永远驱逐了出去。而且，就算不是这样，殖民地的人口越来越多，也越来越强大，即使没有英国的保护，人们也觉得自己完全能保护自己。

有些有思想的智者开始怀疑，像美洲殖民地这么伟大的地区，是否会愿意一直臣服于三千英里外的一个岛国的统治。还有一件事更能引起这种怀疑，那就是英国议会很久前曾立法，意欲以牺牲美洲殖民地为代价换取自己的巨大利益。根据这些法律，人们不能自己生产所用物资，也不能与英国之外的其他国家进行交易。

“现在，”祖父说，“如果乔治三世和他的议员曾理智地思考过这些事，他们就不会这样做了。但他们一看到殖民地现在的富有和众多的人口，所有的想法就是如何从美洲殖民地的人们身上获取比之前更多的利益。在与法国的战争接近尾声时，英国已经欠了很多债务。英国想要给人们制造这样一种错觉——这些债务都是因为要保护美洲殖民地才产生的。这样一来，美洲殖民地就要承担一部分债务。”

“什么，这是胡说，”查理大叫道，“我们的先辈难道没有为乔治国王付出生命和财产吗？”

“是的，他们付出了，”祖父说，“他们也这样和英国统治者说了，但国王和他的大臣们听不进好的建议。1765 年，英国议会通过了印花税法。”

“那是什么东西？”查理问。

“印花税法是一种法律，”祖父回答道，“根据这个，所有的东西，包括证券及其他同类的纸质文件都要加贴印花税票，不加贴就无效而且违法。为了拿到一张贴有印花税票的白纸，人们需要花三便士，这远远超过了这张纸本身所具有的价值。这额外的三便士，就是一种税，是付给国王的。”

“三便士有什么值得吵的！”克拉拉说。

“美洲殖民者和英国吵架不是为了三便士，也不是为了多少钱，”祖父说，“而是为了一条重要的原则。殖民者决定，除了自己的代表外，他们不给任何人交税。他们说，不管是国王还是议会，或者世界上其他什么人，都没有权力在他们不愿意的情况下从他们的口袋拿走他们的钱。而且，他们宁愿毁掉所有的钱，再赔上自己的性命，也不愿意再付这不合理的三便士。因此，我们强烈抵制印花税法。”

“真高贵！”劳伦斯叫道，“我能理解。如果他们默默地付了三便士的税，他们就再也不是自由人了，就会变成英国的附属国。所以他们为这个关于对错的伟大问题进行辩论，并赌上了所有。”

“你说得对，劳伦斯，”祖父说，“但英国议会通过这项强制性税法的那一刻，人们的反应很激烈，程度之大令人吃惊。孩子们，我们的椅子之前的历史，让你们知道了老清教徒们是多么坚强、固执和不服输。过去了这么多年，这些精神好像都消失了。但英国一旦做出对殖民者不公平的事，这些清教徒的后人就要向世人证明——他们身上还流着先辈的血液。前一刻，新英格兰对国王还表现出谦虚和服从；后一刻，她就表现出了老清教徒严肃、忧郁和反抗的一面。”

祖父简要讲了对付印花税法的公共政策。由于印花税法影响到了整个美洲殖民地，人们意识到——大家应该聚在一起，共同商议如何对抗这项法律。为着这个目的，马萨诸塞的立法机构建议所有殖民地的代表一起在国会进行商谈。这样，南北九个殖民地都派代表去了纽约。

“他们是商量和英国打仗的事吗？”查理问。

“不，查理，”祖父回答，“在英国和美洲殖民地打起来之前，还有很多故事要讲呢。国会陈述了殖民地的权利和受到的不公平待遇。他们给国王递交了一份谦和的请愿书，给议会立了纪念碑，恳求取消印花税法。这就是代表们所能做的全部。”

“他们还不如待在家里呢。”查理说。

“不能这么说，”祖父说，“这是一件非常重要而且有纪念意义的事件，这是美洲殖民地南部和北部的代表们第一次聚在一起共商国是。如果英国明智一点儿，她就会为这个团体所说的每一个字感到战栗。”

在祖父看来，这些请愿和谏书是那些严肃、有思想而且谨慎的人的作品，而那些热血的年轻人却选择了自己的方式。如果没有那些暴力事件显示出美洲殖民地人民的激动情绪，国会的请愿书可能就不会得到英国人的重视。自由之树的名字很快就在英国传开了。

“自由之树是什么？”克拉拉问。

“是一棵老榆树，”祖父说，“就在波伊斯顿大街对面，靠近亚瑟斯街的拐角处。每当人们想表达某些感情和观点时，他们就会聚集在这棵大树茂盛的枝丫下。这样过了一段时间，好像国家的自由就和自由之树有了某种联系。”

“这实在是一棵树最光荣的果实。”劳伦斯说。

“有时它也会结奇怪的果实。”祖父说，“1765 年 8 月的一个早上，有两个人形的东西被吊在了自由之树的枝丫上。它们穿着细褶外套和紧身短裤，假发搭在脸前，看上去就像真人一样。其中一个代表比特公爵，人们怀疑正是他建议国王向美洲殖民地征税。另一个代表安德鲁·奥利弗，他是马萨诸塞最令人尊敬的一个家族中的绅士。”

“他干了什么坏事？”查理问。

“国王让他做印花税票的经销商，”祖父回答，“奥利弗先生大概从中捞到不少好处。但人们将他的布偶像吊在树上，后来又闯进他家，这些着实把他吓得不轻，所以后来他保证自己和印花税这件事没有任何关系。国王在美洲的所有朋友都被迫做出了这样的保证。”

波士顿公地的自由之树

第三章　哈钦森暴乱

“副总督哈钦森，”祖父继续说，“现在在我们的椅子里也坐不安稳了。之前人们很尊敬且爱戴他，他也常证明自己在为他们的利益着想。但这次，如果他不和国王绝交，便无法证明自己一心为人民着想。大家都认为，哈钦森肯定会听从国王的安排，不管对错，就像国王任命的其他大臣一样。另外，他还是奥利弗的姐夫，现在人们已经明显不喜欢他了。”

“我以为，”劳伦斯说，“既然哈钦森先生都写了我们的祖先老清教徒的历史，他就应该知道这些人的脾气，而不会惹得他们不快呢。”

“他信任国王的力量，”祖父回答道，“觉得国王会保护他的安全。如果国王和人民之间没有争执，哈钦森会是一个明智、优秀、爱国的大臣。但从他反对他治下的人民的权利那一刻起，人们对他的敬爱都转为了厌恶。他再也享受不到片刻的宁静了。”

为了说明人们当时的暴力和危险情绪，祖父引用了一段历史，我们叫它“哈钦森暴乱”。

1765 年 8 月 26 日傍晚，有人在国王街点起一堆篝火。大火迅速往上蹿，市政府门前火光一片，照耀着市政府前面的皇家武装像。圆屋顶上镀金的旗杆在大火中闪耀着光芒。这堆篝火，就是号召波士顿群众聚集在街上的家喻户晓的暗号。

所谓的篝火堆其实是一个点燃的焦油桶。在焦油桶快烧到一半时，一大群人聚起来了。他们大多是工人和船员，也有很多年轻的学徒，就是那些无所事事、专门制造各种悲剧的小年轻。当然，里面肯定也有一些男学生。

这些人围着篝火站着，嘴里咒骂着政府高官们。伯纳德总督，哈钦森、奥利弗、斯托里、哈洛韦尔，以及国王指派的其他人现在都被看成叛国贼。可能不时还有个把国王指派的军官戴着金边帽、白色的假发，穿着时下流行的刺绣马甲从街上走过。这些人看见这样的军官时，就发出粗野愤怒的吼声，他们的表情像凶神恶煞一样，在火光的映射下显得更加可怖。

“我真想把那个叛国贼直接扔进火堆！”可能还会有人这样说。

“对，还有他那些兄弟！”另外有人回答，“把那个总督和哈钦森扔到烧得最旺的地方。”

“比特勋爵也得和他们一起！”第三个人嘟囔着说，“就在乔治国王的眼底下把他们烧死，管他会不会烧到国王呢！”

这样的言论不管是大声喊出还是低声嘟囔，毫无疑问都回荡在国王街上。这群人的情绪越来越激烈，好像为了烧死国王的人和他们的家已经随时准备好把整个城市点燃。然而，虽然他们很愤怒，有时却也会笑起来，好像悲剧和破坏只是他们的游戏。

我们不再说这些人了，还是看看副总督的宅邸吧。这是一栋大砖房，坐落在花苑街上，靠近北广场，里面装饰着爱奥尼式壁柱。

当国王街的人们愤怒地呼喊副总督哈钦森的名字时，他正安静地坐在祖父的椅子里，对即将落在他头上的厄运一无所知。他已经脱掉了刺绣外衣，摘下了假发，穿上了宽松柔软的长袍，戴上了紫色天鹅绒帽子。他也放下了国家的忧虑，还有那些纠缠了他一整天的想法。

可能他在家享受生活的时候，已经忘记了印花税票，也忘记了大洋彼岸还有一个国王——这个国王想让新英格兰成为附属国。很可能他也忘记了自己的野心，那一刻，即使给他一个总督或勋爵，他也不想换。

蜡烛点上了，点亮了一个精致的房间和房间里齐全的家具。墙上悬挂着哈钦森祖辈的照片，这些人活着时也都是名人，他们都被光荣地记在了国家的历史里。房间里的每件物品，都让房间看起来像一个富有、高贵的绅士的房间。这位绅士高高在上，他可不害怕那些普通人民。房间的角落里有一把椅子，椅子上面随意地放着首席法官的红袍。这个大房间，和其他副总督、议员以及认证法官的一样，是哈钦森自己的。

又有谁或有什么事，能打破这位掌权人物的安静，不让他坐在祖父的椅子里呢！

副总督最爱的女儿坐在他身旁。她靠在我们的椅子扶手上，热切地看着父亲的脸，高兴地看见他唇上有一抹静谧的微笑。但突然，她脸上蒙上了一层阴翳，好像正集中精力，认真听着远方的声音。

“怎么了，孩子？”哈钦森问。

“父亲，你听到街上的骚乱了吗？”她说。

副总督也注意到了，但他的耳朵没有女儿那么灵敏。他所听到的声音，如同吹过榆树顶的夏日微风。

“没有，傻孩子！”他回答道，轻柔地拍拍她的脸，“没什么骚乱。我们的波士顿暴民，对他们造成的悲剧已经满意了。国王的朋友不会受到打扰。”

哈钦森又陷入了他安静而愉悦的沉思，再一次忘记了世界上的所有麻烦。但他的家人很警醒，都情不自禁地竖起耳朵捕捉着哪怕最轻微的声音。他们听到的叫声越来越清晰了，然后就听到了很多人的脚步声。他们还在听的时候，一个邻居上气不接下气地冲进了房间。

“暴民！恐怖的暴民！”他喊道，“他们闯进了斯托里先生的家，之后又闯进了哈洛韦尔先生的家，喝了他家地窖里的酒，都喝醉了。现在他们朝这里走过来了，就像一群老虎。快逃吧，副总督，保命要紧。”

“父亲，亲爱的父亲，快跑！”他的孩子们一起尖叫道。

但哈钦森不听他们的。他是个老律师，想不通人们怎么会极端到来他家里攻击他，这可是违法的事。他是乔治国王的高官之一，如果他受到什么屈辱，那这也是对国王的侮辱。

“我不害怕，”他说，“我很安全，国王的名字就是我的护身符。”

不过他还是让他的家人躲到邻居家去。他的女儿想要留下，但是他坚持让她离开了。

人们愤怒嘈杂的声音现在更清楚了，近在咫尺。声音听起来很恐怖，就像一头愤怒的野兽挣脱了束缚，怒吼着寻找猎物。哈钦森害怕了。他悄悄爬到窗子旁，看到外面有很多人——整条街都挤满了，都在朝他家走来，就像汹涌的激流冲破了堤岸，要卷走挡在前面的一切东西。哈钦森颤抖了。那一刻他觉得，人民的愤怒要比国王的愤怒可怕一千倍。

那样的时刻，就是让像哈钦森这样的保皇派和贵族看清楚，当卑微谦下的人群站起来反对他们时，国王、贵族和名人们是多么无力。乔治国王现在什么也帮不了他。如果乔治国王在这儿，他连自己也保护不了。如果哈钦森能够早些明白这一点，并铭记于心，在以后的岁月里，他就不会被流放出自己的祖国，也不会最后客死他乡。

现在有一群人正在攻击大门，并发出不和谐的喊声。这时，哈钦森的女儿冲进了房间，抱住了他。本来他以为她已经在安全的地方了，但她从一条秘密通道回来了。

“父亲，你疯了吗？”她喊道，“国王的名字现在能保护你吗？跟我来，不然他们会要了你的命的。”

“是的，”哈钦森自言自语，“这些咆哮的人怎么会在乎国王的名字？我得逃跑，不然他们就会在我家的门上踩死我！”

快跑！就在暴民破门而入的那一刻，他和女儿从秘密通道逃跑了。很多人冲上楼梯，挤进哈钦森刚才待过的房间。在那里，他们看到了我们的椅子正庄严地面对着他们，在摇曳的火炬光的照耀下，狮子头的嘴巴好像在动。或许，我们这位经历了一个半世纪风雨的老朋友——其庄严坚定的样子让他们安静了一会儿。但后面的人不断涌上来，椅子被掀翻了。

他们开始搞破坏。那张雕花和上漆的桃花芯木桌子，在棍棒和斧头的作用下成了碎片。大理石壁炉和壁炉架也坏了。哈钦森书房里的书对于学者而言是多么珍贵的东西，在这个时刻也被撕碎了封面，内页被扔出了窗外。写着我们国家历史秘密的那些手稿也被扔进了风中，现在已经彻底遗失了。

老祖先的肖像本来挂在墙上看着眼前这一切暴乱的，现在也被那些人从墙上撕了下来。它们掉下来摔坏的时候，暴民们很高兴，好像他们觉得哈钦森的先人的肖像犯了和哈钦森一样的错。一个高高的穿衣镜，本来在映射着这一群愤怒的醉鬼，现在也碎成了千万片。我们很高兴这些景象都随着破碎的镜子消失了。

黎明的曙光亮起前，房子内完好的就只剩下墙壁了，地上一片狼藉，雨滴敲打着破烂的窗子。哈钦森和他的家人回来后，站在前一晚还安静快乐的房间里，哆嗦成一团。

“祖父，”劳伦斯愤慨地说，“如果人们都是这样的话，那他们连英王给的那点儿自由都不配得到。”

“这次事件，像那时候的多数事件一样，极不正当。”祖父回答道，“但我们不能仅仅因为一群暴民愤怒之下的暴力行为，就否定人们的正义观。而且，这些都是在一开始的盛怒之下造成的。后来人们越来越冷静，在大革命中，人们更多地听从了那些理智而优秀的人们的引导。”

小艾丽斯的蓝眼睛里含着泪水，她说她希望那些邻居会收留并善待哈钦森和他的家人，不会让他们无家可归。克拉拉意识到了我们亲爱的椅子的危险处境，于是询问后来椅子怎么样了。

“后来有一段时间，大家都不知道椅子去哪儿了。”祖父回答道，“九月里的一天，我们之前说过的奥利弗收到一封奇怪的召函，召函中要求他在月高之时到自由之树那里去。从没有人见过这种奇怪的召函，召函的署名是全体人民，他们就这样给自己赋予了至高无上的权力。奥利弗先生不敢不听。因此，一到时间，他虽然极不情愿，但还是去了。”

说到这里时，查理插嘴说，结果可怜的奥利弗先生在自由之树下并没有找到自由。祖父同意了他的说法。

“那天风雨交加，”祖父继续说，“暴雨猛烈袭来，将自由之树的黄叶吹得满街都是。奥利弗先生的假发滴着雨滴，他看起

从暴民前逃跑的哈钦森

来憔悴而孤独，一直低垂着头。树下，祖父的椅子上——我们庄严的椅子上，坐着和平法官理查德·达纳。他向奥利弗先生讲了一段誓言，让他保证与印花税票不再有任何瓜葛，很多人都听到了这段誓言。当奥利弗接受的时候，人群中发出了欢呼声。”

“在这件事中，有些东西是很伟大的，”劳伦斯说，“我喜欢，因为人们看起来开始会思考，并且有尊严了。奥利弗先生——这位骄傲的绅士，国王的重臣，这次可以感受到，如果他做错了，乔治国王也保护不了他。”

“但对奥利弗先生来说，其实那一天很痛苦。”祖父说，“从幼时起，他就一直服从和效忠国王。而现在，他年老的时候，至高无上的人民跑过来要求他服从和效忠，他肯定感到非常困惑。”

祖父说，美洲殖民地人民的不满如此强大，以致1766年英国议会被迫取消了印花税法。人们取得了重大胜利，但他们并没有忘记自由之树，他们小心翼翼地保护它，细心修剪，赶走害虫。他们觉得，或许以后的某一天，他们还会聚集在这棵大树巨大的阴凉下。

第四章　被监管的自由之城

第二天晚上，克拉拉由于一直挂念着我们的椅子还在自由之树下淋着雨，就急不可待地请求祖父告诉她，椅子是什么时候、在哪里找到庇护之所的。或许她担心那把庄严的椅子在狂风暴雨的摧残下撑不住。

“在奥利弗先生的宣誓仪式结束后，”祖父说，“椅子好像被大家遗忘了。事实上，在那次暴乱后，椅子坏了好几处，还摇摇晃晃的，很多人都觉得这把椅子已经不能用了。然而，一个木工在夜里把它带走了，并细心照料了它。只花了几天时间，他就成功修复了椅子，我们的椅子出现在了国王街上英国咖啡馆的大厅里。”

“哈钦森先生怎么不把它带回去呢？”查理问。

“我不知道，”祖父回答，“可能他觉得椅子曾站在自由之树下是一件不光荣的事。总之，他让它留在了咖啡馆，这也是波士顿主要的一家餐馆，别的地方都没有这么多的生意和喧闹。在这里，我们的椅子或许会见证更多的重大事件，被更多重要人物坐下享用。”

祖父继续说着取消印花税后英国暴君和议会的事。他们对美洲收税的权利，竟然被人民抵制了，他们无法接受这一点。因此，1767 年，他们的议会通过了对茶叶等其他大众用品的税收政策。现在，人们只有向乔治国王交了税，才能买一磅茶叶。这个计谋非常狡猾，因为美洲的妇女很喜欢喝茶，她们可不愿意就此不再喝茶。

人民对这条税法的反感就像对之前的印花税一样。

可是，英国却觉得美洲人民应该服从。为了逼迫美洲人民服从，七百多英国士兵组成两个团，来到了波士顿。这些士兵于 1768 年 9 月在长码头登陆，之后就由长码头向公地进发。他们荷枪实弹，还带着刺刀，阵势浩大。最终，自由之城波士顿被红衣士兵监管起来了，就像在老埃德蒙·安德罗斯爵士时代一样。

等到 11 月时，波士顿城里来了更多的士兵，现在这里的士兵数量已经达到了四千。公地都被士兵们的白帐篷占满了，还有一些士兵住在法尼尔厅里。法尼尔厅见证过很多和自由有关的集会，因此在人民心里这是一个神圣的地方。有个团住在市政府，现在我们称那里为“老州议会厅”。这座大厦下面的楼层从那时起就被商人用来作为交易场所了。上面的楼层，是法官、代表和总督议员们的房间。可敬的顾问们无法聚集起来，商讨人民的福利大事。因为他们无法避开哨兵和扛着刺刀的士兵的监视。

波士顿的法尼尔厅

哨兵们也分散在城里的很多官员家里住宿。居民一靠近，就会受到严厉盘问——谁？那些哨兵边问边把枪往胸前一抱，人们还可以听见这个动作的窸窣声。好吧，现在就连安息日也没有了宁静。清教徒虔诚的后代们，被军队的音乐震惊了，鼓声、笛声、军号声，这些声音淹没了人们神圣的管风琴声和唱诗班的歌声。这令人感觉好像英国人在想尽办法侮辱人们的感情。

“祖父，”查理嚷道，“人们怎么还不去打仗！在这些英国红衣士兵一登上长码头时，人们就应该把他们赶回去。”

“查理，很多头脑发热的年轻人也跟你说了一样的话，”祖父回答，“但年长而理智的人知道时机还没到。我们再去看看我们的椅子吧。”

“啊，椅子现在肯定也垂头丧气，”查理说，“它肯定看见了波士顿所受的侮辱。它那些老清教徒朋友们永远也不会忍受这些。”

大陆会议的主席约翰·汉考克

“椅子，”祖父说，“现在还被那些经常去咖啡馆的保皇派高层用着，保皇派就是国王的朋友。海关的官员就在国王街对面办公，他们也常坐在椅子上非议约翰·汉考克。”

“为什么要非议约翰·汉考克？”查理问。

“因为他是个大商人，而且在为拒绝向国王纳税而奋斗。”祖父说。

“这种情形很常见，英国的高官只要不工作，就会坐在我们的椅子里谈天说地。我们可以想象一下，一个穿着红制服的红鼻子上尉，把玩着自己的剑柄，在自己兄弟的办公室愉快地转了一圈，到处开着可怜的美国人的玩笑。之后他可能会要一瓶葡萄酒，然后一口喝下。”

“我们高贵的椅子，看到这一幕肯定觉得羞耻。”劳伦斯说，

“这是阿贝拉小姐的椅子，后来又被神圣的艾略特先生坐过。”

“的确，这肯定是一种亵渎，”祖父回答，“最后，连教堂——这个以前专供神圣的牧师传诵上帝的语言的地方，都被英国士兵蹂躏、亵渎了。不过，这样的事情是发生在好几年之后了。”

祖父告诉他的小听众们，1769 年，在马萨诸塞做了十年的总督后，伯纳德勋爵去了英国。他是一位优秀的绅士、卓越的学者，而且非常好学，但他却天生喜欢独断专行。他在牛津大学学习过，那里专门告诉人们：就政治而言，国王的神圣权力是唯一重要的事。这样的思想并不能得到马萨诸塞人民的喜爱，他们想摆脱伯纳德勋爵。

这段时间，人们被一个海关官员的行为激怒了。事情起因于一些小伙子朝这个海关官员的窗子上扔雪球，而这个海关官员竟然朝他们开枪，射死了一个可怜的德国男孩——这个男孩才 11 岁。这件事在城里和乡下都引起了很大的反响，令人们对王权拥护者的恨意又增加了一层。

“现在，孩子们，”祖父说，“我希望能让你们了解国王街那些英国士兵所处的位置。国王街现在叫‘州街’。市政府或老议会大厦的南边，是英国士兵口中所谓的‘守卫大厅’。那里总是有很多士兵站岗，而且还架有两门黄铜大炮，炮口直接对着市政府的门。海关大楼就在离国王街不远的地方，靠近现在的萨福克银行，门前总有一个哨兵走来走去。”

“明天我要记着这个，”查理说，“我要去州街，去看看英国士兵站岗的具体地方。”

“马上，”祖父说，“我就要讲到一件悲惨的事，这件事令国王街在大西洋两岸都很出名。我们椅子的历史很快就会带我们看到这件悲伤的事。”

接下来，祖父说了居民和英国士兵之间的矛盾和矛盾激起的一些状况。城里年老而清醒的人，对国王派兵监视他们这件事感到很生气。但那些老人很小心，只把自己的想法和感情留在心底，不会在英国士兵面前流露出来。

而年轻人很难做到这么谨慎，他们一看到士兵，就火冒三丈，随时随地都想揍那些士兵。因为他们觉得，英国在波士顿半岛敲响的每一声鼓声都是对这座勇敢的老城的侮辱。

“有时这些狂野的年轻人和小部分士兵之间会发生骚乱，”祖父说，“不过他们没有使用武器，只是动了拳头和棍棒。但是，一旦人们手里有了装了子弹的枪，他们就会把枪指向那些惹怒他们的人。”

“祖父，”小艾丽斯看着祖父，害怕地说道，“您的声音听起来好像您要讲一些可怕的事情了。”

第五章　波士顿惨案

小艾丽斯的那句话，说明她能正确判断祖父的声音所表达的意思。祖父已经讲过了居民和士兵之间的仇恨，为接下来发生的可怕事件做了铺垫。这起事件，对于加速美洲殖民地和英国之间的战争所起的作用是无与伦比的。

没多讲其他，祖父直接开始讲述波士顿惨案。

1770 年 3 月 3 日，英国军队的鼓声像往常一样响彻整个城市。夕阳的余晖还在屋顶上徘徊，惊魂的鼓声、刺耳的横笛，在国王街上回响。所有的哨兵都已经就位了。其中一个哨兵在海关大楼前来回巡逻，在雪地里踏出一条小径，只等着换岗之后回到温暖的守卫室去。普雷斯顿上尉大概正坐在咖啡馆里壁炉边我们的大椅子上。那天傍晚，有两三场轻微的骚乱，似乎暗示着麻烦就要来了。年轻人成群地站在街角或挤在狭窄的人行道上。换岗的五人组的士兵肩并肩，踏着训练出来的常规步子，从他们旁边经过。这种相遇不管在何时，年轻人都会尽可能粗暴地对待士兵。

“别挡路，你这龙虾壳。”有的年轻人会说。

“把他们挤下路去！”另外一个年轻人会叫嚷，“龙虾壳没有权利在波士顿的大街上行走。”

“哦，你这无赖的叛贼！”可能有士兵会狠狠地盯着年轻人这么回嘴，“总有一天，我们会用刺刀尖在波士顿的大街上开出一条路。”

这样的争论引发过几次打架事件，但每次都风平浪静地过去了。大约八点钟时，由于一些不明原因，一阵警报声急促而响亮地响起来了。

听到这声音，很多人都以为是火警，因此都跑出了家门。但他们并没有看到火苗，晴朗冷冽的空气里，连一丝火的味道都闻不到。于是，很多人又都回到自家的火炉边，和家人继续谈论那个时代的灾难去了。还有一些年轻而鲁莽的家伙仍然逗留在街上，因为他们预感到晚上可能会有奇怪的事情发生。

已经入夜了，将近九点钟时，几个年轻人经过市政府，沿着国王街往前走。海关大楼前的士兵还在不停地走动。就在他转身的时候，附近窗子里的一道火光，在他手里的枪管上闪烁了一下。营房和守卫室离这里都不远，他的战友们很可能正在那里大谈战争和流血事件。

咱们刚才说了，一群狂野的年轻人正在迎着海关大楼沿路走来。在他们快要接近哨兵的时候，哨兵站住了，把枪从肩膀上拿下来，准备用刺刀对着他们的胸膛。

“谁在那里？”他用一个士兵粗鲁蛮横的嗓音嚷道。

那群年轻人是波士顿的一些男孩。他们好像觉得他们有权利在自己城市的街道上行走，而不用去理会一个英国士兵——就算他顶着乔治国王的名义又怎样。他们粗鲁地回答了那个哨兵，结果双方发生了一场争执，或者说打了一架。其他士兵听到声音，连忙从营房跑来帮助他们的战友。同时，很多居民也从各个街道跑到国王街来，把海关大楼围了个水泄不通。这些人突然就出现了，就像变魔术一样。

这些日子以来所受的侮辱和不平，似乎终于将居民们彻底激怒了。他们开始朝士兵扔雪球和冰块。骚动声越来越大，惊动了那天当值的军官普雷斯顿上尉。他立即命令本部的八个士兵带上枪随他走。他们穿过街道，粗鲁地穿过人群，用他们的刺刀对着城里的居民。

一位绅士——亨利·诺克斯（后来成为美国炮兵的将军）抓住了普雷斯顿上尉的手臂。

“看在上帝的分上，先生，”他大声说，“注意你在做什么，不要引起流血事件。”

“一边去！”普雷斯顿上尉傲慢地回答，“不要瞎掺和，先生，我会处理这件事的。”

普雷斯顿上尉走到了哨兵

亨利·诺克斯将军

那里，把他的人召集到一起，他们面朝群众，背对海关大楼，围成一个半圆。当人们看到普雷斯顿上尉和他身旁那些士兵威胁性的神态与姿势时，他们的怒火难以抑制。

“开枪啊，龙虾壳！”有些人怒吼。

“你们不敢开枪，你们这些懦弱的龙虾壳！”其他人跟着喊。

“冲上去！”好多人喊起来，“把这些无赖赶回他们的营房去！打倒他们！打倒他们！如果他们敢的话，就让他们开枪吧！”

人群在咆哮，士兵们以一种杀手的凶狠目光盯着他们。

哦，这多么危险啊！在这关键时刻，英国人和殖民地人民之间的愤怒本来可以和解的。只要英国伸出和解的手，承认自己滥用了权力，以后不会再这样做了。那么，以前的兄弟情谊又会恢复，他们又可以像以前一样亲密。在对付法国的那场战争里，殖民地的士兵和大洋彼岸的战友并肩作战的事都还没被遗忘。英国仍是被殖民地的人们所热爱并称之为“故乡”的地方。尽管乔治国王曾对美洲殖民地做过一些不好的事，但他仍被尊为王父。

但只要国王的士兵伤害了一个美洲殖民地的人，那这就是一场殊死搏斗。那么，美洲殖民地的人们就永远不会安歇，除非他们将皇权撕碎，并把它践踏成尘土。

“傻瓜，开枪啊，你敢吗！”人们嘶吼着，而士兵的枪口已经瞄准了他们，“你们不敢开枪！”

人们好像已经准备要用身体去冲撞刺刀。普雷斯顿上尉挥了挥他的剑，发出了一句命令。在上百人的嘶吼声中，没人听清他讲了什么。但他的士兵相信他刚才发出了终极命令——开火！

火枪发出的光芒照亮了街道，爆裂声在大厦间响亮回荡。据说，有个脸上蒙着布的人，走进海关大楼的走廊，拿出一把枪，朝人群猛烈扫射。

火药的白烟很快覆盖了人群。烟聚拢得很快，它似乎很不情愿让人们看到身下的悲惨场景。在这次冲突中，有 11 个新英格兰子民躺在了大街上。有些伤得比较重的人，还在挣扎着想要站起来。其他人却没有动静了，也不再呻吟了，因为他们没有战胜这巨大的痛苦。鲜血在雪地上流淌，在国王街中央形成一块紫色的污斑。虽然污斑随着第二天的阳光消失了，但人们却从来没有忘记，也不曾原谅。

祖父被小艾丽斯大声的抽泣打断了。他急切地讲故事，忘了缓和一下表达的语气——尽量不要吓到孩子天真的心灵。自从祖父开始讲椅子的故事，小艾丽斯就听到了很多关于战争的事。但人类杀害自己的同类这样的事情，或许从来没有在她的脑海中留下深刻的印象。可现在她又要面对这个事实，这让她那颗甜美的心感到困惑而害怕。

“我应该记住的，我的小艾丽斯。”祖父有点儿内疚，“这真让人难过！她纯真的天性，现在对人类的罪恶和暴力有了一些认识。克拉拉，带她去睡觉，好好安慰她。上帝保佑她在睡梦

武装起来！武装起来！

中忘记波士顿惨案。”

“祖父，”克拉拉和小艾丽斯走后，查理问，“人们有没有向士兵冲过去复仇？”

“人们敲起了武装的鼓声，”祖父回答道，“警报声响了，很快就有很多人冲到了国王街，不少人都带着武器。英国人也准备反击，大街上来了一整个团的士兵，准备迎接一场袭击。因为居民们好像都准备好要冲向刺刀了。”

“那后来怎么结束的呢？”查理问。

“哈钦森总督赶紧来到了出事地点，”祖父说，“恳求人们多一点儿耐心，他保证人们会受到公正的对待。还说一两天后，英国士兵就会撤离，驻扎到威廉城堡去。普雷斯顿上尉和那八名士兵都被流放了，但他们都不觉得自己有错。法官告诉陪审团，士兵们受到了侮辱和暴力对待，他们完全有理由开枪。”

“大革命，”整个晚上都没怎么开口的劳伦斯说，“不是我想的那种冷静、庄严的运动。我不喜欢听大街上的暴乱故事。当人们有一个大目标时，这样做很不值得。”

“然而，世界上自始至终都有比我们的大革命还要伟大的运动。”祖父说，“群众，作为人类，有很多高贵和伟大的情感。他们也确实可能用错误的方式表达自己的情感，但他们自己并没有意识到——重点在于他们在尽量以最好的方式表达感情。我们必须原谅他们行为中的错误，去他们的心灵中寻找驱动他们这样做的高贵动机。”

“我想，”劳伦斯说，“肯定有人知道怎么正确表达自己的感情。”

“这样的人很多，”祖父回答，“我们接下来就会讲到一些。”

祖父说到这里便停下不再讲了。那天晚上，查理梦到了波士顿惨案，他在梦中觉得自己就在群众里，好像拿着一个大棍子在和士兵打斗。劳伦斯梦到自己坐在我们的大椅子里，在英国咖啡馆的窗子旁，看见了祖父说过的整个场景。在梦里，他觉得，如果居民和英国士兵能听他讲一句话，这场屠杀也许就不会发生。但那里的吼叫声太大，淹没了他的声音。

第二天早上，两个男孩一起去了州街，在大革命流第一滴血的地方，站了一会儿。老州议会厅还在那里，和 71 年前那个难忘的晚上一样。它是波士顿惨案唯一的见证者。

第六章　杰出的伟人们

第二天晚上，无影灯比平常亮得早了些，因为劳伦斯太沉醉于祖父送给他的那些肖像了——那是他的新年礼物。

在那些肖像中，他发现了和我们的椅子有关的一些名人。祖父让他把桌子拉近壁炉，他们一起看那些肖像，克拉拉和查理也凑了过来。至于小艾丽斯，她坐在祖父的腿上，透过肖像好像看见了那些活生生的原型。

翻过一张，劳伦斯看到了一个固执严酷的人，穿着一套朴素的衣服——只是比老清教徒们的衣服稍微时尚那么一点儿，但他的脸看起来严肃冷峻。肖像下面的名字是塞缪尔·亚当斯。

“他在引领大革命发展的所有事件中留下了重要的一笔。”祖父说，“他的性格就和那些杰出的早期移民一样，就好像一个古代的清教徒又被送回了尘世，来激发出人们心里对暴政的厌恶。他也是清教徒，固执而坚定，心里深信民主法则。他最有资格代表新英格兰人，代表他们在大革命中所表现出的精神。他很穷，靠卑微的职业糊口，但他的舌头和笔却能让英王在王位上颤抖。记住他，孩子们，他是我们国家最坚强的人之一。”

“这个人的脸表现出的是完全不同的性格，”劳伦斯看着约翰·汉考克的肖像说，“我觉得，看见他脸上高贵的表情和身上精致的时装，我简直要以为他是国王的朋友了。”

“没有什么比塞缪尔·亚当斯和约翰·汉考克之间的差别更大的了，”祖父说，“但他们却有着相同的政治立场，在大革命中起到了同等重要的作用。约翰·汉考克生来就继承了新英格兰的一大笔家产，他的品位和习惯都有贵族气息。比如他喜欢时装、大宅子、精致的家具，以及豪华的宴会等其他浮夸的身外之物。他十分圆滑，简直让乔治国王座下的所有贵族都黯然失色。然而，他穿着他的刺绣华服，和穿着粗布衣的塞缪尔·亚当斯在争取自由的斗争中走在了一起。亚当斯习惯依据简单而古板的原则行动，而汉考克，尽管他也热爱自己的国家，但他除了为人民争取权利外，更多的是为了让自己得到人们的喜爱。就是这两个人，完全不同的两个人，是国王唯一没有赦免的两个人。这是一件非凡的事情。”

马萨诸塞的塞缪尔·亚当斯

下一张是约瑟夫·沃伦将

军的肖像。查理认出了这位将军的名字，而且说这位将军比塞缪尔·亚当斯和约翰·汉考克都伟大。

“沃伦是个有口才、有能力的爱国者，”祖父回答，“他对自由倾注了极大的热情，值得人们永久记住他。在法尼尔厅演讲过的人，没有人比沃伦的声音更有力量。如果不是在大革命中早早去世，他很可能会成为很有名望的军人。”

下一张肖像，是一个用大拇指拄着下巴、神情庄严的人。他戴着眼镜，正专心致志地看着一份手稿。

“这是波士顿最有名的小伙子，没有谁能比得上他了，”祖父说，“这就是本杰明·富兰克林。我不会用几句话总结这位智者的性格，就像一位法国人说的那样——是从天空抢夺雷电的人，也是从暴君手中抢夺王权的人。斯巴克先生可以帮助你们更多地了解富兰克林。”

本杰明·富兰克林

这里同样也有詹姆斯·奥蒂斯和乔赛亚·昆西的肖像。根据祖父的说法，他们俩都是极具天分的真正的爱国者。他们的声音，就像唤醒国人去捍卫自由的号角声。好像这个时期，为了帮助人们辨别是非、学会抵抗，上帝赐予了我们比其他任何时代都更多的人才。

“看到那么多天才的作家、演讲家和士兵，”祖父说，“恰巧在人们需要他们的时候出现，真是精彩绝伦。每一种职业都有能力出众的人。这么多性格各异的人为共同建立自由独立的美国而团结在一起，这也是精彩绝伦的事。”

“这是另一个伟人。”劳伦斯指着约翰·亚当斯的肖像说。

“是的，一个热心、温和、诚实又能干的人，”祖父说，“革命时期，他是波士顿的律师。但他注定要在以后的岁月里成为全美国人民的统治者，他也曾为了统一这个国家费尽了心血。”

后来成为美国第二任总统的约翰·亚当斯

祖父说，很多新英格兰人虽然在穷困中度过了童年和青年时代，但他们后来获得的财富数量之大，是他们做梦也不敢想的。约翰·亚当斯是美国第二任总统，和国王平起平坐，但他之前只是乡村律师、普通教师。汉考克，第一个在《独立宣言》上签名的人，早期曾给商人当学徒。塞缪尔·亚当斯，后来成为马萨诸塞州州长，以前只是个小商贩和收税人。沃伦将军以前是医生，林肯将军以前是农民，诺克斯将军曾做过装订商。纳撒尼尔·格林，在革命军队中是除华盛顿以外最好的军人，以前曾是贵格会教徒和铁匠。这些人都成了名人，成为美国历史上永远不会被人遗忘的伟人。

“任何出生在美国的小伙子可能都想有这样的结果。”我们充满野心的朋友查理说。

纳撒尼尔·格林将军

说完这些后，祖父把那些肖像往自己身前拉了拉，给孩子们看了同时代的几个英国人，以及议会的议员，这些人有的赞成美国独立，有的反对。其中，比特勋爵、格伦维尔先生和诺斯勋爵都是美国的死敌。

美国的朋友有皮特先生，他后来成了查塔姆勋爵，他曾对于英国对美国做的种种不公之事，不遗余力地发表过许多奇妙的言论以示提醒。他曾冒死在上议院陈述应该保护美国自由的权利，说完后就晕倒在了上议院的地上。还有埃德蒙·伯克，世界上最伟大的演说家和最聪明的人之一。科洛内尔·巴雷，曾和我们的先辈相处过，知道他们绝对有勇气为自己的权利而赴死。查尔斯·J. 福克斯，为了说服众议院里那些美国的敌人，他从未停止过努力。

“看到英国议会里那么多天才演说家都支持美国，实在是一件了不起的事。”祖父说，“我们应该感激并记住这些伟大的英国人，是他们的言论，鼓励我们的先辈和演说家，在法尼尔厅和自由之树下不停地奋斗。那些观点，如果只有美国人认同，就会让人存有疑问，但如果查塔姆、伯克、巴雷、福克斯也这样说，那它们就是真理，无可非议。”

“但是，祖父，”劳伦斯问，“难道我们国家就没有能言善辩的人支持乔治国王的吗？”

“替国王的暴政辩护的人有很多，”祖父回答道，“但他们在辩论中常常处于弱势，因此没有什么值得记住的言论。更重要的是，他们心志不坚，因为他们知道人民在责备和憎恨他们。他们没有朋友，除了那些带刺刀的英国士兵，他们也没有守护者。他们的才能枯萎了，因为他们在同祖国的权利作斗争。”

“您知道其中一些人的名字吗？”查理问。

“总督哈钦森、首席法官奥利弗、法官奥克缪蒂、马瑟·拜尔斯，还有其他一些神职人员，都是著名的保皇派。”祖父回答。

“我希望人们严厉地惩罚了他们。”查理叫道。

“这种想法是错误的，查理，”祖父说，“你不能认为除了那些站起来为美国的自由辩护的人以外，其他人就没有正直之心了。就我所知，赞成和反对美国独立的人里都有正直的人。对一个不被大众认可的看法秉持信念，你就没有从这之中看到什么吗？对于那些情愿放弃国家、朋友、财产和一切，也绝不背叛国王的人，你难道不能尊重他们对‘忠诚’的执着吗？这是一个错误的执念，但很多人都很珍惜它，并为之殉道。”

“哦，我错了！”查理巧妙地说，“如果有人想严厉地惩罚那些优秀的老保皇派，我一定拼命阻止。”

“现在，我们可以公正地评判他们了，”祖父继续说，“他们也是那些光荣、优秀而且真实的人。因为我们国家的所有人都是爱国者。谢天谢地！我们的国家不需要为她的子女感到羞耻——至少为大部分子女，不管他们在大革命中站在哪一边。”

严厉处罚一位保皇派

肖像中有一张是国王乔治三世。小艾丽斯鼓起了掌，好像看到他笔直的脸很开心，但劳伦斯觉得这个人长着这样的脸很奇怪。仅从这张脸上可看不出来他有什么智慧，但他却能在世界上掀起大战。祖父说，在他看来，这个可怜的国王就是世界上最不幸的人之一。他非常诚实认真，如果他只是个普通人，那他的生活肯定会无可指责而且幸福快乐。但非常不幸，他成了国王，但他的个人能力却难以胜任国王的职责。

“因此，”祖父说，“他唯有接受上天安排给他的命运，那是一部屈辱史。最后，他因为忧虑和烦恼而陷入了疯狂。近二十年的时间里，这位英国国王都被人认为是个疯子。在他晚年时，上帝夺走了他的视力。对他来说，他那富丽堂皇的王宫从此成了阴森黑暗的孤独监狱。”

第七章　打响反抗的枪声

“我们的旧椅子，”祖父说，“现在已经不在那群英国军官的圈子里了。我们说过，波士顿惨案发生后，军队很快迁去了威廉城堡，但仍然有很多保皇派、海关官员和英国人聚集在英国咖啡馆，谈论那个时期的事情。情况越来越糟糕。1773 年，人们做了一件事——一件比之前任何事都要严重的事，这件事将国王和大臣们激怒了。”

祖父接着讲了这件事，即著名的波士顿倾茶事件。在此之前的一段时间，为了反对强制性的税收，美洲殖民者已经不再进口茶叶了。伦敦的东印度公司囤积了大量的茶叶，他们希望能卖给美洲殖民者，但却找不到市场。过了一段时间后，政府劝说公司的商人把茶运到美洲殖民地去。

“好奇怪啊，”克拉拉说，“美国的自由，竟然和一杯茶水有关！”

祖父笑了笑，继续讲这件事。波士顿人民听到将有几批茶叶要驶过大西洋，送到美洲殖民地来后，就在法尼尔厅、老南教堂和自由之树下开了很多场讨论会。他们还在讨论的时候，有三艘装着茶叶的货轮已经抵达了海港。人们花了十几天的时间，一直在讨论要怎么做。最后，1773 年 12 月 16 日，他们找到哈钦森总督，要他立刻把那些船赶回英国去。

总督回答说，要等到海关收完海关税那些船才能运回去。这些税费，正是人们关注的焦点，因为这是英国政府强行加给殖民地人民的。因此，那天傍晚，哈钦森总督的话一传到，一大群人趁着朦胧的天色迅速赶到格里芬码头，茶船就在那里。现在那地方叫利物浦码头。

“人群赶到码头时，”祖父说，“看到一群长相野蛮的人已经登上了船。要是亲眼看到的话，你可能还以为是古代的印第安战士回来了呢，因为这些人穿着印第安服装，脸上涂着红色和黑色的油漆，就像准备参战的印第安人一样。这些冷酷的人举起甲板上的茶叶箱，然后把箱子摔开，把箱子里的东西全倒进了海港。”

“祖父，”小艾丽斯说，“我想印第安人不喜欢喝茶吧，不然他们不会那样浪费的。”

“他们不是真正的印第安人，孩子，”祖父说，“他们是伪装成印第安人的白人，因为如果英国官员发现了他们的真实身份，会狠狠地惩罚他们的，但永远也不会有人知道这件事。从那天到现在，尽管全世界都讨论过这件事，却没有人知道那些打扮成印第安人的人到底是谁。有人说那里面有一些很知名的人，他们后来成了州长和将军。至于是不是真的，我就不知道了。”

这件事传到英国后，乔治国王被激怒了。议会立即出台了一项律法：所有船只一律不得在波士顿港口装卸货物。他们想通过这种方式破坏所有商人的生意，让人们因找不到工作而忍饥挨饿。同时他们还出台了另一项政策，剥夺了马萨诸塞的宪章赋予殖民地人民的诸多权利和优势。

之后不久，哈钦森总督就被召去了英国，英国政府想让他就管理美洲殖民地提供意见。盖奇将军曾是反法之战的老官员，自战争伊始就一直担任英军总指挥，现在被任命为总督，代替了哈钦森先生。他当总督后的第一个行动，就是把常设法院迁到塞勒姆去，让塞勒姆取代波士顿，成为马萨诸塞的大都市。

盖奇将军

根据祖父的叙述，这是马萨诸塞最沉郁的日子。人们就像在埃德蒙·安德罗斯爵士那个专制者的统治下的时候一样悲惨。波士顿看上去就像感染了某种可怕的瘟疫——居民们一脸忧伤，街道上空空荡荡，没有做生意时快乐的讨价还价声，商人都关闭了货仓，工人们在码头上游手好闲。但整个美洲殖民地都关注着波士顿，很多地方开始为波士顿募捐，以帮助可怜的居民。

“我们亲爱的椅子！”克拉拉嚷起来，“它现在该有多悲惨啊！”

“哦，”祖父回答道，“一群快乐的官员现在又回到了英国咖啡馆，所以椅子并不缺少开心的伙伴。盖奇将军成为总督后，很快来了很多部队，就驻扎在公地上。波士顿现在是重兵防守的要镇。盖奇将军在通往罗克斯伯里的路上建了一座炮台，并安排了士兵守卫。所有的一切看起来就像要开始一场战争了。”

“殖民地人民准备好迎接战争了吗？”查理问。

“他们在费城召开了一场大陆会议，”祖父说，“选了一种他们认为对人民最有利的方法。马萨诸塞也召开了一场高级会议。他们劝说人们拿起武器，并自觉遵守纪律。很多普通人都参军了，人们叫他们‘瞬间兵’，因

美国步枪兵

英军掷弹兵

为他们听见征兵的那一瞬间，就准备好去打仗了。英国军官则笑个不停，他们说这个名字很合适，因为这些人看见敌人的一瞬间就会立刻逃跑。但他们是打还是跑，很快就能见分晓了。”

祖父告诉孩子们，第一次公开对抗英军，发生在马萨诸塞的塞勒姆。蒂莫西·皮克林上尉带着三四十个士兵，阻止了英军莱斯利上尉和他带的四倍于美军的士兵占领军工厂的军事行动。这件事并未造成伤亡，但不久后就发生了大面积的死伤。

盖奇将军派了八百名士兵去康科德，那里距波士顿 18 英里，士兵们要去那里摧毁殖民者以前建立的弹药库。他们在 1775 年 4 月 18 日傍晚出发。第二天早上，盖奇将军让珀西勋爵带九百人去支援先行的部队。那一整天，波士顿的居民不停地听到各种流言。有人说英军正在大肆屠杀美军。其他人则咬定说每个美军都配备了步枪，没有让一个英军逃回波士顿。

“黄昏后，”祖父说，“就有人看见那些趾高气扬的先头士兵进了查尔斯镇。他们满身灰土，又热又累，一个个都把舌头伸了出来。很多人因为受伤而昏厥。而且，并不是每个出去的人都回来了。近三百人在从康科德回去的路上失散了、死了或濒临死亡。自由民也自发地组织起来，对抗侵略者。”

“这就是列克星敦战役？”查理问。

“是的，”祖父回答道，“是叫这个名字。因为英军在列克星敦附近的会议室无缘无故朝一群‘瞬间兵’开枪，杀死了八个‘瞬间兵’。在少校皮特凯恩的命令下，士兵们万枪齐射，开始

列克星敦战役

了这场大革命。”

如果祖父知道准确的信息，那他就知道我们的椅子现在已经不在英国咖啡馆了。没有人知道它是怎么不见的。可能是咖啡馆的老板见它太过时了，就把它扔出去了吧。也可能他把它当古董卖了。或许有人曾见它出现在自由之树下，就把它当公共财产拿走了。也或许，这把旧椅子天生喜欢和平，所以就用自己的四条腿逃离了这个战乱的地方。

革命之初所用的战旗

“那它走路时肯定会发出砰砰的响声。”查理哈哈笑着说。

“椅子消失期间，”祖父说，“有一支两万人的部队出发，前来围攻波士顿。这时候，盖奇将军和他的部队还被限制在半岛狭小的区域里。1775 年 6 月 17 日，著名的邦克山战役打响了，这次沃伦将军失败了。英军虽然损失了一千多官兵，却取得了胜利。”

“哦，祖父，”查理叫道，“您一定要给我们讲讲这场著名的战役。”

“不，查理，”祖父说，“我不像其他的历史学家。战争不应该在我们安静而舒适的椅子的历史上占据重要角色。但明天晚

邦克山战役

上，劳伦斯、克拉拉，还有你，当然还有亲爱的小艾丽斯，可以去参观邦克山的立体纪念画。在那里你们可以了解到整场战役，亲眼看到燃烧的查尔斯镇和一切，还能用自己的耳朵听见炮声和枪声。”

邦克山战役中，阵地里的威廉·普雷斯科特①

① 威廉·普雷斯科特是邦克山战役中美军的指挥官。——编辑注

第八章　乔治·华盛顿将军

第二天晚上，孩子们给祖父讲了很多白天所了解到的邦克山战役的事，他们恳求他不要再让他们等了，赶快讲讲椅子的故事。读者应该还记得，在上一章最后，椅子极有可能用自己的四条腿去了没人知道的地方。但在满足孩子们的好奇心之前，祖父觉得有必要先讲讲公共事务。

在费城召开的大陆会议，参会的是所有殖民地的代表。他们现在任命弗吉尼亚的乔治·华盛顿做总指挥。乔治·华盛顿也是参会的一员，但他很快就要离开费城，往马萨诸塞出发了。1775 年 7 月 3 日，他抵达剑桥，指挥正在围攻盖奇将军的那些士兵们。

“哦，祖父，”劳伦斯嚷道，“一想到接下来发生的事，我的心就跳得好厉害。我们就要了解到华盛顿将军本人了。”

孩子们围在祖父身边，充满渴望地看着他的脸。就连小艾丽斯也睁大了她甜美的蓝眼睛，张着嘴巴，几乎屏住了呼吸，认真听着。孩子们对祖国之父的崇敬完全出于本能。祖父停了一会儿，因为他觉得好像在一把古老的扶手椅的故事里介

乔治·华盛顿将军，爱国者军队的总指挥

绍神圣的华盛顿，有些不够尊敬。但他还是决定继续讲下去，只是在不得不讲到这位英雄的时候，他会谦虚地一带而过。

因此，祖父告诉他的听众们，华盛顿将军抵达剑桥后，做的第一件事就是用他的小望远镜侦察英军，并检视自己军队的情况。他发现己方军队已经增加到了大约一万四千人。他们扩展到了整个波士顿半岛，从罗克斯伯里的高地到神秘河左岸12英里的地方，都是军队扩展的地方。其中，有些人住在帆布棚，有些人住在木板搭建的简易棚屋里，还有些人住在石头和草皮堆里，挂着奇怪的毯子当作门窗。

为了靠近中心，看清整个部队的情况，这位总指挥把指挥部建在了剑桥，离大学城大概半英里的距离。他的住所是一座大厦，那地方以前大概是某位保皇派的乡村别墅。

“当华盛顿将军第一次走进这座大厦时，他被引进楼梯，看到了一套豪华的居室。然后，他坐在了一把大椅子里，这把椅子是房间里最显眼的物品。但华盛顿高贵的身影完全配得上一个王座。他坐在那里，装有护套的剑放在膝盖间，他的手放在剑柄上。他的整个形象，完全符合国家为了捍卫人民的权利所选出来的杰出者的形象——他看起来足以让人民依靠，人民在他的保护下应该会很安全。他的脸比所有雕刻家曾在大理石上雕刻过的形象都更光辉，任何人看见他都会马上充满敬畏。椅子上的狮子头，还从没看到过华盛顿这样的脸和风姿。”

“哇，祖父！”克拉拉惊讶地拍着手嚷道，“是真的吗？华盛顿将军真坐过我们的椅子？”

“我就知道，”劳伦斯说，“祖父一开始说，我就知道会这样了。”

祖父笑了笑，不再讲这位卓越领导的个人生活，开始讲他是如何从英国人手中夺回新英格兰的那些大都市的。

华盛顿刚接手那支部队的时候，士兵们完全没有任何纪律或秩序。那些士兵觉得自己就跟自己的军官一样优秀，除非有人能告诉他们原因和理由，否则他们觉得没必要服从那些军官的命令。因此，尽管他们才入伍不久，才开始成为受人尊重的士兵，却被解雇了。之后，华盛顿又重新招募了一批新兵，这些人在参战前还需要很多训练。这就是华盛顿手下要和20个英军老兵团对抗的部队。

有些士兵连枪都没有，而配备刺刀的人更是寥寥无几。攻打英军城堡的重型大炮也急缺，火药和子弹储备也很少，修筑堑壕所用的工具也不足，士兵的衣服和装备也稀缺。面对这些复杂的问题，所有人的目光都聚集在华盛顿将军身上，希望他能做出一些对抗敌军的大事。

华盛顿发现，首要的问题是要让手下的士兵有纪律、有秩序。他在短时间内就把一群粗糙的民兵训练成了正规军，这非常了不起。华盛顿有一个非常可贵的能力，就是在一堆混乱中能够快速地理出秩序。无论什么事情，只要他稍微用心，他就会像变魔术一样迅速理出头绪。他的思想，如同混沌世界中的一道光。正是这种能力，而不是别的什么，让他能够在动荡不安的革命年代叱咤风云。

“没过多久，”祖父说，“华盛顿的士兵就把他当成常胜将军一样崇拜，他们知道他就是国家需要的那个人，也是唯一能带领他们抵抗强大的英军、夺得革命胜利的人。他们完全相信他的勇气、智慧和正直。”

“他们愿意跟他一起反抗英军吗？”查理问。

“当然，他们愿意去他的剑所指的任何方向。”祖父回答道，“华盛顿也急着想给敌人致命的一击，但这样做要冒很大的风险。他将部队中所有的将军召集在一起开会。当这些将军们从各自的住处来到接待室时，这位总指挥从我们的椅子上站起来，向他们致意。”

伊斯雷尔·帕特南将军

“都有哪些人参加会议了？”查理问。

“有阿蒂默斯·沃德将军，”祖父说，“他读的是法律专业。在华盛顿到来之前，就是他在统领部队。另外还有查尔斯·李将军，他以前是英军的上校，人们都说他有丰富的军事知识。他带着几条狗来参加会议，这些狗几乎和他形影不离。帕特南将军也去了，人们都知道他，并叫他老帕特。”

“就是打狼的老帕特吗？”查理问。

霍雷肖·盖茨将军

“就是他。”祖父说，“在反法之战中，他也做出了很大的贡献。一听到列克星敦战役，他立马把犁扔在地里就跑来了。还有盖茨将军，他后来在萨拉托加名声大振，但又在卡姆登失去了所有的名望。罗得岛的格林将军也来了。华盛顿很快就发现他毫不逊于部队里最优秀的军官。”

所有将军都到齐后，华盛顿向他们咨询攻打英军炮台的计划。但这些人一致认为，这个计划太过冒险，不宜尝试。因此，军队继续围攻波士顿，但只是阻止敌军获得一切军需，并不急于占领城市。就这样，夏天、秋天和冬天都过去了。

“华盛顿白天在马背上颠簸奔驰，”祖父说，“从一个军部赶到另一个军部。夜晚，他常坐在我们的椅子里，陷入无尽的沉思中。如果你见过他那个样子，你还以为他的全副身心都集中在壁炉外层镶嵌的蓝瓷砖上呢。但事实上，他正在思考如何俘获英军，或把他们赶出波士顿。有一次，他们那里出现了严重的霜冻，华盛顿想趁此机会让士兵从查尔斯河的冰面上渡过去，但其他将军并不认为这个办法可行。华盛顿无法说服他们。”

“英军这段时间都在做什么？”查理问。

“他们懒散地躺在城里，”祖父回答，“盖奇将军已经被召回英格兰，现在英军由威廉·豪将军带领。英军和波士顿的居民现在都陷入了贫困。关在城里这么久，他们几乎用光了所有的补给，火药也差不多全打光了。士兵们拆了老北教堂，把拆掉的烂木头拿去取火。天花的爆发更加深了他们的悲剧。因为寒冷、饥饿和疾病而损失的英军士兵，可能比列克星敦和邦克山战役中损失的人数还要多。”

威廉·豪将军

“对城里的妇女和孩子来说，这是多么悲伤的时期啊！”克拉拉感叹。

“最后，”祖父说，“1776 年 3 月，华盛顿将军有了充足的火药供应，开始从多切斯特高地疯狂地炮轰敌人。有一次，他打出的一枚炮弹落到了城里布拉托街教堂的烟囱上，现在还能看到呢。英军指挥官豪将军打算坐船过河，把美军从他们的炮台赶走，但他的计划被一场暴风雨破坏了。接着，华盛顿又在努克山上建起了一座炮台。这个炮台离英军非常近，这下英军无法继续待在波士顿城里了。”

“万岁！万岁！”查理一边欢呼道，一边得意地鼓着掌，“我真想看看那会儿那些英国人一脸惊恐的样子。”

祖父觉得波士顿从没经历过比现在更有意思的时期了，虽然皇家军队还在垂死挣扎，但祖父想跟孩子们讲讲那时城里的事，让他们想象一下那时候人们的思想感情。

第九章 保皇派的告别

“唉！可怜的保皇派们！”祖父说，“直到华盛顿的军队出现在努克山的那个早上，这些不幸的人才相信——那些鲁莽的反叛者（他们这样称呼美军），真的战胜了乔治国王的军队。当他们看到准备登上战船的英军，他们才意识到失去了自己的国家。如果爱国者们知道他们这样痛苦难过，他们肯定会原谅国王做的所有错事，并在他们驶离海岸后送上祝福。”

为了让孩子们能感受这些人的难过心情，祖父讲起了皮特·奥利弗，他是国王派在马萨诸塞的首席法官。祖父让孩子们想象在他永远离开之前的那个早上，他独自走在波士顿大街上。

祖父的这个故事可以叫作“保皇派的告别”。

首席法官老奥利弗穿上红斗篷，在白色假发上戴上三角帽，准备穿着这身行头去看看在他幼时就熟悉的那些东西，跟它们告个别。因此，他从城北开始了散步，很快就到了法尼尔厅。这座大厦是自由的摇篮，曾被英军作为游戏房。

“我真希望它化为乌有！”首席法官陷入了极度痛苦之中，他在那个著名的大厅里挥了挥拳头，“就是在这里，孕育出了威胁大不列颠王国统一的悲剧。那些政治家在法尼尔厅长篇大论煽动人心的演讲，让一个忠诚的民族背叛了王权，还害得我失去了国家。”

之后他穿过一条狭窄的街道，来到了国王街，几乎就在六年前波士顿惨案的鲜血染红的那块地方。这位首席法官小心地前行，浑身发抖，好像直到现在，他还在害怕那些被杀的同胞的淤血会玷污他的脚。

他来到市政府前，市政府的前面还放着皇家武装像。就在这座大厦里，那个时候人人尊敬他，他为人民主持着公道。当初新的国王继位时，也是在这儿，这儿是喇叭响起的地方，是给百姓宣读公告的地方。

“我记得，我记得，”首席法官奥利弗自言自语，“当国王宣告继位那会儿，人们的欢呼是多么响亮啊！每个人都愿意用生命去保护乔治国王，不想让他受到一丝一毫的伤害。而现在，在整个新英格兰地区，几乎没有一个人不点名诅咒他。如果说谁还爱他，那就是耻辱，就要被毁灭。短短几年的时间，就发生了这样天翻地覆的变化，这可能吗！”

首席法官没有想到，正是国王以前的暴政，致使人民变了心。他加快脚步，走到了康希尔，就是华盛顿街较低的那一头——那时候叫康希尔。市政府对面是老北教堂的废址。英军那些无礼的家伙们拆了老北教堂，把它的木材都拿去点火了。

他又走到了老南教堂。这座神圣大厦的门槛已经被钉着铁掌的马蹄踏坏了，因为这里曾被作为骑兵学校，以及龙骑兵团的集合点。首席法官在门边徘徊了一会儿，听到里面传来了喇叭声，然后是骑兵从街上经过的马蹄声。他们正赶往乘船启程的地方。

“让他们走吧！”首席法官心想，心里面带着某种老清教徒的感情，“亵渎教堂的人，是不会有什么好结果的。”

他又往前走了几步，在议会大楼前停了下来。那堵用来隔开人民的视线、保护政府官员的围墙已经不见了，现在可以看到空旷的庭院，里面种着一些树，这些树周围都围着铁栅栏。大厦顶上是一位印第安酋长的镀金像，他摆着一副正准备射出手中之箭的姿势。从宽广的前门进去，能看到一道阳台，以前政府的首长和高官召集公众开会时，他就常站在那上面。

首席法官奥利弗忧伤地看着议院，那座大楼前面有一个哨兵在来回走动着，议院的双扇门大敞着，威廉·豪将军走了出来。他身后还跟着一众军官，他们匆忙走过庭院的时候，身上的剑鞘把路上的石头碰得咚咚响。威廉·豪将军面色黝黑，举止傲慢且固执。他骄傲地走出来。在这种战败的时刻，他的样子倒好像他是去接受叛将的臣服的。

首席法官朝他鞠了个躬，并主动搭话。

“威廉将军，对你我来说，现在是个令人悲伤的时刻。”他说。

“前进！先生们，”他对身边照顾他的那些军官说，“我们现在没时间听哀悼之词！”

威廉·豪将军冷淡地鞠了一躬，就走了。首席法官现在已经预先尝到了屈辱的滋味。那些被流放的新英格兰人，从傲慢的英国人那里也曾饱受了这种滋味。他们曾以忠诚的心为英格兰服务，却受到英国人的鄙视。

等待首席法官的还有一项更沉重的惩罚。当他继续往前走时，他被街上的人认出来了。以前，他们认定他来自一个古老而荣耀的家族，他们曾见过他穿着红袍坐在法官席上。终其一生，不管是为了祖先的荣耀，还是为了他自己尊贵的地位和高尚的品行，他都理应受到尊敬。当马萨诸塞还在国外统治下的时候，那些老贵族几乎都被看作高贵的人。

但现在，人们对于出身和等级的世袭崇拜都消失了。居民们看到这位老首席法官庄严的身影时，一起尖叫着嘲笑起来。他们把国家的错误，以及他们在围城期间受到的饥饿、寒冷、疾病等种种折磨都归咎于他、他的哥哥安德鲁，以及他的亲戚哈钦森——就是因为听了这些人的建议，国王才会在殖民地制造出那么多麻烦。现在是这些人赔偿的时候了。

“看那个老保皇派！”人们喊着，尖锐地嘲笑着，“他正在看我们最后一眼。让他跟我们炫耀一小时他的白色假发吧，我们要给他最严厉的惩罚。”

首席法官知道，只要英军还占有这个城市，他就不用怕他们。但在他身后，他却没有给人们留下任何爱意。这让他很痛苦。他的祖先们，曾在过世很久后，还仍然受到人们的爱戴和尊敬。而他，自此以后可以为自己的祖国死去，但人们却一定会在他的墓碑上写上责备和诅咒之语。想到这里，这位老人伤心地流泪了。

“他们诅咒我，他们恳求各种魔鬼来伤害我！”他边哭边想，“但如果他们能看见我的心，他们就会知道我也爱新英格兰。愿上帝保佑她，让她再一次受到我们无上荣光的国王的统治。也祝福这些误入歧途的可怜人。”

首席法官挥舞着手做了一个手势，就像他在为他的同胞们赐福一样。现在他已经到了城市南端，已经远离了美军炮台的射程范围。他身后是一棵大树的树桩，看起来像最近砍断的。因为身心俱疲，他想在树桩上坐一会儿。

他突然想起来，这就是自由之树的树桩！英军砍断了它，并信口胡诌，说他们也能这样轻易地砍掉美国的自由。十年前，在它浓密的枝丫下，首席法官奥利弗的哥哥，被迫根据人民事先拟好的誓言发誓，承认人民的权力至高无上。这棵树，和让美洲殖民地脱离英国的所有事件都有关。

“受诅咒的树！”首席法官咬牙切齿地吼道，他的愤怒超过了悲伤，“为什么你不继续活着，亲眼看到汉考克、亚当斯还有其他叛徒被吊死在你的枝丫上！然后再把你砍成一段一段的，扔进火堆烧成灰。”

他转过身，没来得及往身后看一眼，就急忙向长码头走去，和英军一起登上了前往哈利法克斯的船只，再也没回头看一眼自己的故乡。在余生里，首席法官奥利弗一直像他在告别时的散步中那样，受到矛盾情绪的折磨。深沉的爱和恨在他心里同时燃烧着，诅咒里仍然混杂着祝福。他觉得好像呼吸一口故土的空气就能重燃他的生命，但他又宁可死去，也不愿和那些叛国者呼吸一样的空气。和他一样具有这种感情的，还有大约一千个流放者，他们都和英军一起离开了美国。他们是不是最不幸的人呢？

“那些被流放的保皇派的不幸，”劳伦斯说，“肯定让他们自己想到了可怜的阿卡迪亚人。”

“我想他们一定很悲伤。”查理说，“但我更愿意和爱国者们一起开心，而不是和保皇派一起悲伤。祖父，华盛顿将军这段时间都干什么呢？”

“英军从码头登船后，”祖父回答道，“华盛顿将军的部队穿过城堡大门，顺利进入了波士顿城。现在，自从清教徒在这里落地生根以来，马萨诸塞第一次脱离了英国的统治。希望她永远也不会再臣服于任何国外统治力量，再也不用体会权力的压迫。”

“亲爱的祖父，”小艾丽斯问，“华盛顿将军把我们的椅子带回波士顿了吗？”

“我也不知道椅子在剑桥待了多久，”祖父说，“如果它一直在那儿待到这个时候，那它就找不到一个好的归宿了。华盛顿将军住过的房子还在，但他住的那几间已经被几个名人租借了。埃弗雷特州长，那时候还是大学教授，就住在里面。后来是斯帕克斯先生，他最大的贡献得以让他的名字总是和华盛顿的不朽连在一起。这时候，祖父那个庄严的同时代好友，在经历了漫长的海上之旅后，在华盛顿的指挥部卸下了行装。”

“您说的是朗费罗教授吗，祖父？”劳伦斯说，“哦，我真想看看《夜吟》里那些美丽诗篇的作者！”

“明年夏天我们去拜访他，”祖父回答，“带上克拉拉和小艾丽斯一起去，还有查理——如果他保证安安静静的话。”

英军撤离波士顿

第十章　独立战争的胜利

第二天晚上，祖父继续讲故事。他告诉孩子们，在华盛顿将军离开剑桥之后的那一小段时间内，他无法找到椅子的踪迹。

但几个月后，椅子在波士顿的一家商店里出现了。那家店门前有一根带条纹的杆，店里陈设着一块塞满东西的鳄鱼皮、一张响尾蛇皮、一捆印第安箭、一把老式火绳枪、温思罗普总督的手杖，还有一张波士顿惨案的彩绘图。总而言之，这是一家理发店，经营者是皮尔斯先生，他总自豪地宣称自己曾为华盛顿、老帕特等许多名人刮过胡子。

“对我们庄严的椅子来说，这不是什么高贵的地方。”祖父说，“但你们要知道，没有什么地方是比理发店还能听到更多消息的。所有的革命战争，都能及时在这里听到。皮尔斯先生在给别人理发或刮胡子时，其他人就坐在椅子里读报或聊天，排队等候着。”

“椅子不能自己去更合适的地方，我觉得难过，”劳伦斯说，“它现在很老了，可能很想安静。而且它曾经把华盛顿拥在怀里，现在不应该再被迫让全世界的人都坐在身上。它应该被放在老南教堂的讲道台上，或其他神圣的地方。”

“或许确实如此，”祖父回答，“但是在多元化的存在空间里，椅子已经习惯了和社会交流，所以我怀疑，如果把它放在老南教堂里它是否愿意。在那儿，它只能孤独地站着。一周中的六天里，除了对面走廊里安静的手风琴，再没有其他鲜活的伙伴了。我更倾向于认为，没有哪里比舒适的理发小店里的磨砂地板更合乎椅子的心意了。”

之后，祖父带着孩子们一起幻想在等待理发师的间隙里坐过这把椅子的形形色色的人。这让祖父和孩子们都感到十分快乐。

有一个老牧师，比如昌西，他戴着白色假发，理发师要先把他的假发取下，放在假发架上。然后理发师开始给这位教士梳头，再打粉，直到他的头看起来像个牧师的头，这大概需要半个小时。还有大陆军的军官，他们要涂润发油，让头发平滑，好让他们看起来勇敢善战。有时候，还能看到一个受尽欺凌、瘦弱悲惨的老保皇派。很久以前，他还出席过议院的舞会。偶尔，还会有海盗船的船长出现，他们刚成功地完成了一场掠夺。这一次，他从乔治国王的臣民们手中掠夺了一打满载货物的船只。有时候，还会看到一个小学生，手里攥着六便士，爬上椅子，坐在那里睁大眼睛，盯着鳄鱼皮、响尾蛇皮和店里其他珍玩——是妈妈让他来的，妈妈要他把一头光滑的鬈发剪掉。革命事件给理发店的顾客们提供了充足的话题。他们悲伤地谈论着蒙哥马利将军的死亡，以及我们的军队攻打魁北克的失利。因为新英格兰人现在要从英国人手里攻下加拿大的心情，就像之前他们想从法国人手里攻下加拿大时一样。

理查德·蒙哥马利将军

“但很快，”祖父说，“费城就传来消息，这是美国人民所收到的最重要的一条消息。1776 年 7 月 4 日，议会签署了《独立宣言》。13 个殖民地现在是自由独立的州了。虽然我们前途难测，但居民们听到这个消息还是很高兴，他们宁可牺牲，也不愿再受英国的束缚。”

“我也宁可牺牲！”查理叫道。

“那是个伟大的日子！无比光荣的事情！”劳伦斯说，因为激动他的脸都红了，“而且祖父，我总喜欢想象议会的智者表现出的勇敢和真实，就像战场上的士兵一样，因为签署《独立宣言》肯定比上战场更需要勇气。”

祖父默许了劳伦斯的看法，然后他简要地说了革命的一些

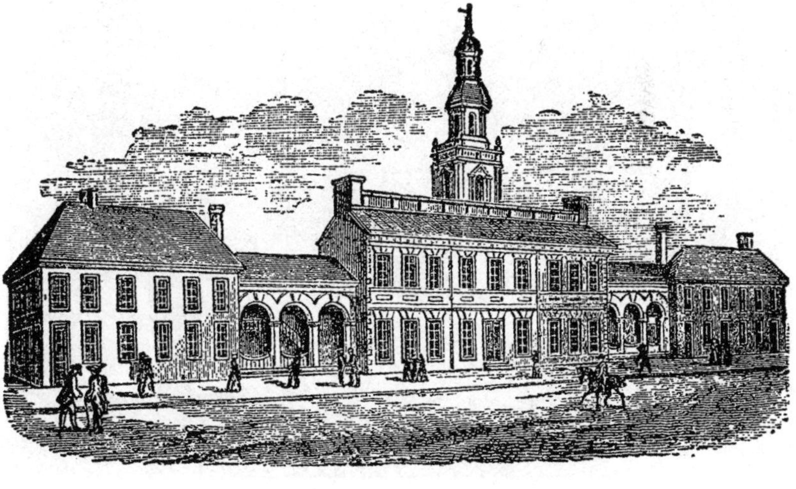

1776 年的独立大厅

向军队宣读《独立宣言》

约翰·伯戈因将军

重要事件。从马萨诸塞响起的战争的轰鸣声一直朝南传去，再也没回到马萨诸塞，但马萨诸塞为革命的胜利贡献了全部。不管哪里有战争——长岛、白原市、特伦顿也好，普林斯顿也好，白兰地谷或者日耳曼敦也好，所有的战场上都有马萨诸塞健儿的尸骨。

1777 年 10 月，伯戈因将军在萨拉托加向美国的盖茨将军投降了，被俘的军队都被送往马萨诸塞州。不久后，富兰克林及其他美国行政长官到巴黎缔结了一个合约，根据这个合约，法国要帮助我们国家。英勇的拉斐德已经和华盛顿一起，为着我们的自由而投入了战争。1778 年，一支法国舰队在德斯坦伯爵的指挥下，在波士顿海湾逗留了很长时间。人类事务的兴衰变化由此可见一斑。法国以前原本是我们的敌人，现在却成了我们的朋友和兄弟，而与

拉斐德侯爵

萨拉托加大捷

我们同族的英国却成了我们的敌人。

“在美洲中部和南部，战争越来越白热化，”祖父说，“马萨诸塞州却趁此机会建立了一套宪法，取代了国王的宪章。这是1780年的事。同年，曾做过议会主席的汉考克被选为州长。他是自老西蒙·布拉德斯特里特之后，人们民主选举的第一个州长。”

“但是祖父，英国人被赶走后的这段时间是谁在做州长啊？”劳伦斯问，“盖奇将军和豪将军是您最后说过的两个人，但他们也走了。”

“在最后四年里是没有州长的。”祖父回答，“马萨诸塞州的人们一直由立法机构管理，他们自觉服从监管。这是我国最伟大的一段历史，虽然这时政府被战争推翻了，但却没有发生任何无政府的动乱或暴力事件，也没有产生哪怕一丝一毫无序的状态。这对人们来说是一种无上的荣耀。但现在，喇叭声宣告汉考克成为州长了，固定政府又回来了。”

祖父再次谈到了战争的进程。1781年，格林将军从南部的几个州赶走了英军。同年10月，在弗吉尼亚的约克镇，华盛顿将军迫使康沃利斯勋爵带领其军队投降。这是大革命最后的大事件。乔治国王和他的大臣们已经意识到英国的力量已不足以使美国再俯首称臣。经过讨论后，双方于1783年9月缔结了和平条约。

康沃利斯勋爵

“现在，最终，”祖父说，“经过连年征战后，马萨诸塞的军人们带着和平的消息回到了家园。人们也可以在街上看到那些庄严的领导者，比如林肯将军和诺克斯将军，他们穿着蓝色和浅黄色的制服，头发上涂着粉。”

“我猜他们身后肯定有小男孩跟着跑，”查理说，“成年人都恭敬地向他们鞠躬。”

“他们值得尊重，因为他们不仅优秀而且勇敢。”祖父回答，

约克镇围城战中，华盛顿打响了第一枪

“现在，那些下等军官和海盗也都回来了，想寻点儿和平安稳的营生。他们的朋友们还记得那个圆脸蛋、身材瘦削的年轻人，但回来的却是一个身体笔直、严肃而自律的军人。有的人受过伤，胸口上还有一个个疤痕。更多的人却已经葬身战场，可能连尸身都无人安葬。”

“国人肯定都厌倦战争了。”劳伦斯说。

“可能大家都会这样想，”祖父说，“但才过了两三年，有些误入歧途的人就引起了另一场战争。这就是谢司起义，因为一个叫谢司的上尉是这场起义的主要领导人。”

“哦，祖父，不要再有战争了！”小艾丽斯可怜巴巴地喊道。

祖父安慰他亲爱的小孙女说，这次没有造成大悲剧。谢司起义发生于1776年年末和1777年年初。它的主要起因是时局不好。马萨诸塞州的政府欠了很多外债，很多居民也是这样的状态。一场暴乱发生了，暴乱的目的好像就是要破坏法律，甩掉债务和税费。

马萨诸塞州的现任州长是詹姆斯·鲍登，他是一个优秀且能干的人。他派林肯将军率领四千人平息暴乱。林肯将军曾在人革命中打过很多场硬仗，经验丰富，运筹帷幄的能力很强。他几乎没费什么兵卒，就平息了叛乱。

本杰明·林肯将军

“关于椅子的历史，现在只有一件公共事务值得说了。”祖父说，“1794年，塞缪尔·亚当斯被选为马萨诸塞州的州长。我已经跟你们说过，他是一个出色的爱国者，而且很像固执的老清教徒。如果那些最初来到马萨诸塞的老清教徒们复活，他们肯定也会选塞缪尔·亚当斯当州长。”

“祖父，我希望他坐过我们的椅子。”克拉拉说。

“他坐过，”祖父回答，“他早就养成了去理发店的习惯。而我们尊贵的椅子，富有哲学意味地忘记了自己以前的荣耀，已经在这里安适地度过了18个春秋。这样一件珍贵的家具，历史长河中遗留下的古董，自然被塞缪尔·亚当斯注意到了。他立即着手研究了它的历史，得知曾有很多了不起的人坐过它。”

“他怎么知道的？”查理问，“椅子该不会自己告诉他它的历史吧。”

“老南教堂的塔里有很多古老的信件和其他记录，”祖父说，“可能这些资料里会记载着关于椅子的历史。不管怎样，塞缪尔·亚当斯好像已经完全了解了这些。在成为州长时，他觉得除了这把曾经的州椅，没有什么椅子能更适合他了。因此他轻易地就买下了它，并在做州长的三年里都坐在上面。”

“后来呢？”查理问。

“就这么多了。”祖父叹了口气说，想到塞缪尔·亚当斯的故事不得不到此结束，他不禁感到有些遗憾。“塞缪尔·亚当斯死于1803年，那年他差不多七十岁。他是伟大的爱国者，却很穷。他死后，身上的钱几乎都不够葬礼的花费。于是，这把珍贵的椅子就和他其他的遗物一起被拿去拍卖了。你们的祖父，那时正当壮年，就买下了这把椅子。”

劳伦斯有一堆话想要说，但又找不到头绪，不知从哪里说起，只好直勾勾地看着椅子。现在他知道了关于它的全部历史，但还意犹未尽。

“哦，我真希望椅子能说话！”他叫道，“它和人类相处了这么久，旁观世界这么多年，如果能说话，他一定可以说出饱含智慧的金玉良言！说不定它能教人如何才能生活得更好更快乐，或者教一个政客如何才能让自己的国家更兴旺。”

第十一章　祖父的梦想

劳伦斯想让这把历史悠久的椅子说话，想听椅子倾吐两个世纪以来的智慧之语，这个想法把祖父难住了。这位老绅士曾经也富于想象，如今他的想象力虽然有所褪去，但其余晖仍笼罩着他那些鲜活的记忆。

椅子的历史已经耗尽了他的事实记忆，因此祖父决定求助于寓言。在提醒孩子们不要把这个故事当成真事后，他又讲了一个故事。我们把这个故事叫作“祖父的梦”。

劳伦斯和克拉拉，昨晚你们去哪儿了？查理和小艾丽斯，你们呢？你们都去休息了，留老祖父一人坐在大椅子里沉思。灯光昏暗得几乎照不出石膏像的影子。壁炉里的木头都烧成了厚厚的灰烬。小火苗在这些余烬里闪烁着、舞动着，像精灵一样忽隐忽现。

祖父独自坐在那儿。他知道该上床睡觉了，但他想听你们愉悦的声音，或者和一些老朋友聊聊天，因为只有那样，他才能做个好梦。但孩子们和朋友们都不在身边，祖父靠在大椅子上，闭上了眼睛，以便更深入地思考。

正在深思时，祖父好像听到自己头上有人发出声音——好像那个人要准备讲话了。

“哼！”那个干巴而沙哑的声音说，“哼！哼！”

祖父不知道房间里还有谁，他很吃惊地站起来，这儿看看那儿瞧瞧——椅子后面，壁炉凹进去的地方，书架黑暗的角落里。但是，他没看到任何人。

“哈！”祖父自言自语，“我肯定在做梦。”

但就在他打算再次坐下去时，他看了椅子一眼。火光照耀在椅子上，它的橡木身体看起来就像是活的一样。什么！它在移动扶手？是的！它真的抬起了一条笨重的前腿，好像它想要离壁炉近一点儿。同时，刻在橡木上的狮子头以一种特有的方式向祖父礼貌地点了点头。啊，这真奇怪！

“晚上好，老朋友，”那个干巴而沙哑的声音说，不过现在这个声音比之前清晰了，“我们相识这么久了，是时候该好好谈一谈了。”

祖父紧紧地盯着狮子头，确信它是在张动嘴巴。这样，椅子就揭开了所有的秘密。

“我都不知道你会说话，”祖父向他的橡木伙伴致意道，“否则的话，虽然你不是社会上的精英，但我也很高兴能常常和你这样结实、实用的朋友聊天。”

“哦！”这把椅子安静而随意地回答道，现在它已经清理了喉咙里积满的烟尘，“我天生安静，不善交谈。通常，在一百年内，我只会开一两次口。那位和善的阿贝拉小姐逝世时，我曾发出过哀鸣。那位诚实的造币厂厂长用同等重量的松树币称他的女儿时，我也被逗乐了。老西蒙·布拉德斯特里特接任了暴政的安德罗斯时，我也和大家一起高兴地欢呼过，还用我的木腿跳了起来。只是那时旁边的人都完全沉浸在自己的喜悦情绪中，完全没注意到我的异常。”

“你经常和你的朋友进行私密谈话吗？”祖父问。

“不经常，”椅子回答，“我曾和菲普斯爵士谈过，和他说过我对于巫术事件的看法。卡顿·马特尔和我谈过好几次，他从我的回忆录中受益良多。在印花税票事件中，我和哈钦森悄悄交流过，让他记住他的国人是谁的后人，让他想想他们祖先的精神是否曾远离他们。最后和我说过话的，是那个结实的老共和党塞缪尔·亚当斯。”

“为什么没有关于你会说话的任何记录呢？”祖父问道，“遇见一把会说话的椅子，可是一件不寻常的事。”

“跟你说实话吧，”椅子往壁炉边挪了挪，说道，“我不太擅长选择说话的时机。有时我刚想说话，我的占有者又懒洋洋地坐在我身上，准备饭后小憩了。或者，我可能半夜想说话，那时候灯光昏暗，炉火燃尽，那个正在研究或思考的人——他的脑子已经有些模糊了。最常见的是，我不理智地和病人开了口，而他们却被高烧折磨得在我身上翻来覆去。就这样，尽管我的声音常能在那一刻给人留下深刻的印象，但我的听众无一例外都把那当成是做梦。我毫不怀疑，你——我的好朋友，明早也会把这当成是做梦。”

“不，我不会的。”祖父心里默默想着。然而，他还是感谢这把受人尊重的椅子主动开了口。而且，祖父想知道椅子这次开口是否有什么特别的事要说。

“我认真地听你说了我的冒险事迹。”椅子回答，“必须承认，你说得很准确，凭这一点，你简直可以当传记作家了。然而，你的讲述中还有些遗漏之处，我很乐意给你补上。比如，你没提到优秀的骑士理查德·索顿斯托尔爵士，也没说著名的休·皮特，还有那些弑君的老法官，惠利、戈夫和迪克斯韦尔。但我却在不同的时候，承受过所有杰出之人的重量。”

祖父向椅子保证，只要一有机会复述它的故事，他就把这些内容补充进去。那把伟大的旧椅子，外表上仍保持着一种威严。这让他想起来，自从这把椅子有个新垫子以来，时间过去了多久啊。椅子后背上的雕花都有些模糊了，这也同样说明了时间久远。

“自从那次查理推着他的手推车从我身上碾过，”椅子继续说，费劲地抬着一条腿，“我这个关节就不好用了。”

“我会修好的。”祖父说。“现在，尊贵的椅子，我有事想请求你。你活了两个多世纪，和那些各时代最聪慧的精英有过亲密交谈。毫无疑问，你拥有非凡的理解力，你肯定积淀了很多宝贵的智慧，你也有足够多的时间去解开生活的谜题。请告诉我们，告诉我们这些可怜的凡人，怎样才能得到幸福？”

椅子上的狮子头若有所思地盯着壁炉里的火，整个椅子都陷入了深思。最后，它用扶手向祖父示意，并横着向他走近了一步，好像它要说出一个很重要的秘密。

“就我站在人类中间，看到的人类的事情而言，”椅子以一种阐明神谕的口吻说道，“我经常看到正义、真理和爱成为幸福生活的主要要素。”

“正义、真理和爱！”祖父重复道，“我们不需要活两个世纪，就能知道这些是我们幸福的主要元素。每个人天生都具有这些本能。”

“啊！”椅子嚷道，吃惊地后退了一步，“从我看到的人与人、国与国之间的事来说，我从不觉得他们知道这个重要的秘密。不过，既然你们生来就知道这个重要的秘密，那你还想要我从我两三个世纪的生命中给你其他的智慧吗？”

“但，亲爱的椅子……”祖父说。

“别说了，”椅子打断了祖父，“接下来的一百年里我都不想再开口了。一百年后，如果我能发现有更好的幸福元素——比上帝已经告诉你们的还要好，我就告诉全世界。”

那把橡木椅子借着说话的力量，好像跺了跺脚，从祖父的脚趾上踩了过去（我们希望它不是故意的）。那位老绅士站起来，发现自己在大椅子上睡着了，他那沉重的拐杖倒在了脚上。

“祖父，”小艾丽斯拍着手喊道，“您一定要每晚都梦到关于椅子的新鲜事啊！”

劳伦斯、克拉拉和查理也说了同样的渴望。但那位老绅士摇了摇头，宣布椅子的历史到此就结束了，无论它是真实的还是想象的，他都不再说起祖父的椅子了。

译后记

这是一部世界经典文学作品。作品以一把几乎所有名人都坐过的古老的椅子贯穿全文，生动地讲述了美国建国初期的一些历史事件。

我们知道美洲曾经住着印第安土著，也知道后来的美国是个移民国家，但我们不知道这之间发生了什么，第一批到达美洲的是什么人呢？他们因何而去？有过怎样的遭遇？我们还知道美国人不懈地追求自由、真理和正义，但我们不知道他们为什么会这样，这些追求因何而起，去往何处？如果不是深谙美国历史、深度了解美国文化的人，恐怕很难回答这些问题。但本书的作者以轻描淡写的方式，将这些深刻的问题娓娓道来，让我们在一帧帧如同身临其境的画面里，看到了作者说过的那些高贵而勇敢的人，那闪着光芒的自由之神，以及追寻自由和真理的灵魂，让我们对美国及其主流文化的由来，有了根源上的了解。

而告知我们这一切的作者——纳撒尼尔·霍桑，本身就是出生于马萨诸塞州的美国人。你可能听说过他赫赫有名的另一本书——《红字》。霍桑对美国文学的发展做出了很大的贡献，对许多知名作家都产生过影响，如：爱默生、梭罗、梅尔维尔、爱伦·坡等。

作为浪漫主义小说家、象征主义小说家和心理分析小说的开创者，霍桑擅长在作品中进行心理分析和描写，喜欢运用象征主义手法。本书中也不乏构思精巧的意象，为作品增添不少浪漫色彩，同时加深寓意。

霍桑认为，作者要能以自己选择的方式构思和创作，同时不必拘泥于细节的真实，才能在“真实的世界”和“仙境”之间找到现实与想象得以结合的“中间地带”。他的伟大之处正在于他能以表面温和而实质犀利的笔锋揭露黑暗、讽刺丑恶、点明真理。在他看来，与文明古老的欧洲相比，美国“没有阴影，没有古风，没有秘传，没有绚丽而又昏默的冤孽，只有光天化日之下枯燥乏味的繁荣”，能给作家提供的素材太少。因此，霍桑把注意力转向过去，力图挖掘历史素材，“把过去了的时代与我们面前一瞬即逝的现在联系起来”。这也是以古喻今的手法。这个手法在本书中表现得很明显。

可能有一天，祖父不在了，但祖父的椅子还会一直在。看完本书，或许你也会跟我一样，记忆里的故事终会随着祖父远去，但那些故事传达出的对自由、真理和正义的追求，会像那把坚韧的椅子一样留在我们大脑深处，长久地影响着我们。一个人是否爱自己的国家，爱自己脚下的土地；一个人是否有高尚的道德情操，美好的行为操守？这些将会成为我们衡量一个人是否优秀的新的准则，也是我们自我修养的新目标。

世界名著好享读（原版插画典藏版）

作品目录